Chères lectrices,

Déjà les fêtes de fin d'année ! L'automne est passé en coup de vent, cédant bien vite la place à l'hiver… ce qui n'est pas pour nous déplaire, reconnaissons-le ! Car, en ce mois de décembre, le compte à rebours des festivités vient de commencer. Quelques semaines d'intenses préparatifs nous attendent : shopping, décoration de la maison, dégustations savoureuses en vue du réveillon. Une opulence et une gaieté bienvenues en cette saison où les jours sont si courts, et où l'on a souvent l'envie de se réfugier bien au chaud chez soi…

A ce propos, j'espère que vous êtes confortablement installée pour entamer la lecture de votre roman. Si tel est le cas, il ne me reste plus qu'à vous souhaiter de passer de très agréables festivités, en tête-à-tête ou en famille, et à vous donner rendez-vous l'année prochaine.

D'ici là, excellente lecture !

La responsable de collection

Retrouvailles en Grèce

SARA WOOD

Retrouvailles en Grèce

COLLECTION AZUR

*éditions*Harlequin

Cet ouvrage a été publié en langue anglaise
sous le titre :
THE GREEK MILLIONAIRE'S MARRIAGE

Traduction française de
FRANÇOISE PINTO-MAÏA

HARLEQUIN®

est une marque déposée du Groupe Harlequin
et Azur ® est une marque déposée d'Harlequin S.A.

Prologue

Olympos, trois ans plus tôt

Campé à la barre de son hors-bord, Dimitri Angelaki mit le cap sur le petit port d'Olympos. La mer était belle et il entonna une vieille chanson d'amour d'une voix grave, débordante de lyrisme.

Il avait eu une drôle de journée, se dit-il. Rythmée par ces moments de plaisir et d'angoisse qui avaient tour à tour excité ses sens et mis ses nerfs à rude épreuve

Se retournant vers le cockpit, il se perdit un instant dans la contemplation du corps fabuleux de sa femme, assise sur la banquette en cuir crème. A sa grande satisfaction, elle portait un minuscule Bikini — trois petits triangles turquoise qui dissimulaient à peine les secrets de sa féminité. La lumière éblouissante transformait ses cheveux blonds en un feu d'or pâle sur ses épaules fines et dorées. Un peu plus tôt, ces jolies mèches avaient frôlé langoureusement les zones sensibles de son corps… A cette évocation, un sourire sensuel incurva sa bouche ciselée. Un frisson d'excitation s'empara de lui. Oui, le sexe avec Olivia était une joie.

Il y avait d'abord ses regards affolants. Le désir ardent qu'il lisait dans ses yeux d'un bleu outremer le réduisait presque à l'inconscience. Suivaient leurs ébats. Dans un corps-à-corps débridé, sauvage ou tendre, toujours immensément satisfaisant, ils laissaient s'épanouir leur passion.

Un soupir lui échappa et, quand il se concentra de nouveau sur le pilotage, il sentit ses gestes moins assurés. Bon sang ! Tout son être portait l'empreinte d'Olivia. Et comme il aimait cela ! Il avait l'impression d'être invincible, vibrant d'une vitalité inouïe, au point qu'après l'amour, il lui prenait parfois l'envie de hurler de joie, comme un gosse le jour de son anniversaire.

Il sourit à cette image. Lui, l'homme d'affaires au sang-froid légendaire, se livrer à de pareilles facéties à trente-deux ans ? Eh bien, oui ! Parce que les marchés immobiliers étaient loin de l'exalter autant que sa femme. Malheureusement, son travail le retenait souvent loin d'elle, et son emploi du temps surchargé ne permettait pas d'envisager qu'Olivia l'accompagne.

Aussi le temps libre qui leur était imparti n'en était-il que plus savoureux. Ce jour-là, après avoir jeté l'ancre, ils avaient nagé nus dans l'eau fraîche ; puis de retour sur la terre ferme, ils avaient fait l'amour sous les citronniers. Et la senteur lourde des arbres en fleur avait exacerbé leurs sens en émoi. Plus tard, sur une colline dominant les ruines d'un temple dédié à Aphrodite, Olivia lui avait voluptueusement glissé des raisins encore chauffés par le soleil dans la bouche… Un moment magique.

— Auprès de toi, ma chérie, Vénus est une beauté fade, lui avait-il murmuré.

Tout aurait été parfait ce jour-là, n'eût été son inquiétude grandissante au sujet d'Athéna. Un pli creusa son front hâlé. Il attendait qu'elle l'appelle de l'hôpital pour le rassurer. Une fois de plus, la tension l'étreignit, gâchant les instants merveilleux de cette journée. Mais n'était-ce pas compréhensible ? Il aimait tant Athéna…

*
* *

Olivia se raidit en entendant la sonnerie du téléphone portable de son mari. Il avait sonné presque sans arrêt aujourd'hui et, avec une obstination qui la rendait furieuse, Dimitri avait refusé de l'éteindre.

— Les hommes puissants doivent rester en contact avec leurs serviteurs, avait-il dit d'un ton moqueur.

— Tâche d'en trouver un à qui tu délégueras une partie de tes activités, avait-elle répliqué, déçue.

Mais elle s'était détendue quand la bouche de Dimitri s'était refermée sur la sienne, chassant sa plainte d'un baiser à couper le souffle.

A bien y réfléchir cependant, elle se disait que son obsession du travail devenait un problème depuis quelque temps. Pendant ses absences, elle se sentait de plus en plus triste, n'ayant pour seule compagnie que sa belle-mère, Marina. Et les allusions sournoises de celle-ci renforçaient douloureusement son sentiment d'abandon et ses doutes quant à l'amour de Dimitri.

Olivia serra les poings. Depuis le jour de son mariage, six mois plus tôt, cette femme la harcelait.

— Tous les Grecs ont des maîtresses, insinuait-elle. Mon fils n'est pas différent des autres…

Une maîtresse ! Cela expliquerait-il que Dimitri eût de moins en moins d'égards pour elle ? Même leur excursion d'aujourd'hui à Epidaure — prévue depuis longtemps — avait été gâchée par sa distraction.

Olivia soupira. Cela aurait pu être si romantique, pourtant : il avait testé l'acoustique du célèbre théâtre, vieux de plus de deux mille ans, en murmurant « Je t'aime » depuis la scène. Curieusement, elle avait entendu chacune des syllabes passionnées depuis le cinquante-quatrième rang où elle se trouvait ! Ravie, elle s'était levée pour lui envoyer un baiser. Hélas, à cet instant précis, il avait reçu un autre appel et avait quitté l'arène ; peut-être afin qu'elle n'entende pas la conversation…

Se rappelant combien cet incident l'avait blessée, Olivia se recroquevilla sur le siège et fixa durement son mari. Il manœuvrait le bateau d'une main experte, serrant de l'autre le détestable mobile contre son oreille.

Elle l'avait vu se raidir quand la sonnerie avait retenti. Maintenant qu'il était engagé dans la conversation, elle essayait d'imaginer la raison de son soulagement, visible au relâchement de ses muscles maxillaires et à son regard apaisé. Il caressait presque le téléphone, et son corps athlétique exprimait la tendresse. Un sentiment de crainte étreignit la jeune femme. Sa belle-mère avait-elle raison ?

Difficile de le croire ; Dimitri lui manifestait sans cesse sa tendresse…

Mais tout était possible.

Peu de temps après qu'il l'eut engagée comme secrétaire, deux ans auparavant, alors qu'elle avait vingt-six ans, ils étaient tombés follement amoureux l'un de l'autre. Chaque fois qu'ils s'étaient trouvés en présence l'un de l'autre, ils avaient senti une irrésistible et mutuelle attraction ; une délicieuse torture. Une fois seuls, ils s'étaient finalement abandonnés à leur désir impérieux, avides de céder à la passion volcanique qui les consumait semblablement.

En repensant à ces moments intenses, Olivia sentit un frisson de désir traverser son corps, et elle sourit. Décidément, Dimitri exerçait sur elle le plus merveilleux des pouvoirs…

Les yeux braqués sur lui, elle constata qu'il riait à présent. Cet accès de gaieté secouait ses larges épaules hâlées, et il semblait murmurer des mots affectueux dans son maudit téléphone !

Un violent élan de jalousie s'empara d'Olivia. Dimitri lui appartenait corps et âme !

Mais, honteuse de ses soupçons irrationnels, elle se leva et alla se poster derrière lui en lui entourant la taille. Les pointes dressées de ses seins se pressèrent contre son dos, avec provocation.

Dimitri sursauta comme s'il venait de tomber dans une embuscade. Il marmonna quelque chose en grec au téléphone — qui ressemblait à « à demain », bien qu'elle ne maîtrisât pas cette langue — et, sur un rapide « *Adio* », il mit fin à la communication.

Sous sa main, elle sentit son cœur viril battre sourdement. Etait-ce la crainte ? se demanda-t-elle, alarmée. Peut-être avait-il vraiment une maîtresse. Ses affaires le tenaient si souvent éloigné d'elle qu'il pouvait même entretenir un harem !

A cet instant, les yeux brillant d'un feu intense, il se retourna pour la presser contre lui avant de l'embrasser longuement, passionnément. D'une main, il coupa le moteur et, de l'autre, entreprit de dénouer le haut de son maillot.

Olivia se cambra sous sa caresse tout en regrettant de ne pas savoir qui, d'elle ou de l'autre femme au téléphone, suscitait le désir de son époux.

— Qui était-ce ? demanda-t-elle, le front soucieux.

Mais il semblait totalement accaparé par la blondeur de ses cheveux, qu'il caressait avec sensualité. Les fleurs de citronnier qu'il avait arrangées en couronne sur sa tête glissèrent à terre, dégageant une bouffée de parfum enivrant qui stimula son audace. Il se mit à déposer des baisers torrides sur sa gorge avant de répondre d'une voix distraite :

— Une relation…

Avec une insouciance plus étudiée cette fois, Olivia insista :

— Quelqu'un que je connais ?

Elle nota son hésitation, à peine perceptible.

— Non, oublie ça, ma chérie. Concentre-toi uniquement sur ce que j'ai l'intention de te faire. D'accord ?

Elle pinça les lèvres, mais il n'eut aucun mal à les entrouvrir en les taquinant de la langue. Et la magie de ses doigts, qui dénouaient les attaches de son slip, était telle qu'elle en oublia ses interrogations, comme il le commandait. Avec délice, elle s'abandonna à sa puissante étreinte. Tout en lui murmurant ce qu'il avait en tête, Dimitri la renversa doucement sur le pont aux planches chaudes.

A son tour, elle agrippa le maillot qu'il portait, le fit glisser le long de ses jambes et se mit à caresser langoureusement ses fesses musclées.

Dimitri était un amant époustouflant, insatiable ; elle s'étonnait parfois de son désir constant, tout en s'émerveillant de son souci de la satisfaire, qui primait à tel point qu'elle en avait souvent le cœur serré.

Quand ses doigts experts s'aventurèrent avec une assurance inouïe jusqu'au pôle de sa féminité, elle se laissa gagner par l'ivresse. Oui, il l'aimait ! songea-t-elle, plongée dans des brumes de plaisir. Après tout, il l'avait épousée.

Le soir même, ils dégustaient un café grec avec Marina — veuve depuis peu — sur la terrasse de l'opulente villa de Dimitri. Celle-ci, perchée sur un promontoire, surplombait la baie d'Olympos. Le soleil, immense et rougeoyant, glissait vers la mer.

Marina était maussade depuis qu'ils étaient rentrés, tendrement enlacés, de leur balade en mer. A la vue de sa belle-mère, Olivia s'était sentie brusquement déprimée. Vivre sous le même toit que cette parente hostile n'était pas de tout repos ! Pourtant, elle comprenait que cette femme se sente seule depuis le décès de son mari, survenu à peine six mois plus tôt. Elle-même n'avait-elle pas connu cette profonde solitude, quand ses parents s'étaient tués dans un accident de voiture ?

D'un geste amical, Olivia posa une main sur le bras de Marina, mais celle-ci le retira aussitôt et, à l'insu de Dimitri, lui lança un regard chargé de méfiance.

— C'est un coucher de soleil magnifique, fit remarquer néanmoins Olivia dans un effort de conciliation.

— Evidemment, commenta sèchement Marina. Vous allez encore me laisser seule demain, puisque vous irez tous deux à Athènes faire les magasins…

— Ah ! Justement…, intervint Dimitri en reposant sa tasse.

A l'expression qu'il affichait, Olivia sut qu'il allait annuler cette excursion. C'était la troisième fois… Et il avait promis de ne plus la décevoir !

— Encore tes affaires ! protesta-t-elle.

Il sembla mal à l'aise en poursuivant :

— Un rendez-vous… que je ne peux décommander. Après cela, je dois m'envoler pour Tokyo, où je resterai une semaine. Je suis désolé, mais à mon retour, je me rattraperai…

Il ébaucha un sourire pour la forme, comme si ses pensées étaient ailleurs.

— Nous dévaliserons les boutiques jusqu'à épuisement de nos cartes de crédit…

— Je ne suis plus une petite fille à qui on fait des promesses pour la consoler, coupa Olivia.

— Je sais, mais cette mission est importante. D'ailleurs, dit-il en se levant, je dois passer quelques coups de fil…

— A tes chers serviteurs ! marmonna-t-elle, furieuse.

Dimitri, qui se dirigeait déjà vers la maison, s'arrêta net. Il était impatient d'appeler Athéna pour s'assurer que ses contractions n'étaient qu'une fausse alerte ; aussi n'était-il pas d'humeur à supporter la rancœur d'Olivia.

Se tournant à demi, il lui adressa un regard irrité. Elle avait tout : de l'argent, un mari, la sécurité. A l'inverse de la pauvre

Athéna. Mais il ferait en sorte qu'elle et son enfant ne manquent de rien. Il en faisait une question d'honneur, car ce bébé porterait du sang Angelaki dans ses veines.

— Souviens-toi que c'est mon travail acharné qui te procure la richesse, lança-t-il avant de pénétrer dans la villa.

Fulminant sous l'insulte, Olivia se raidit et but son café à petites gorgées. C'était Dimitri qu'elle voulait, pas ses millions ! Jusqu'à son mariage, elle avait toujours travaillé. A présent, elle connaissait l'ennui et passait ses journées à l'attendre. Elle ne maîtrisait pas suffisamment le grec pour trouver un travail intéressant qui lui occuperait l'esprit. Vivre dans un paradis avait aussi ses mauvais côtés, reconnut-elle, en contemplant la vue incomparable.

Dans un embrasement glorieux, le soleil glissa derrière l'horizon. Sans trop savoir pourquoi, elle ressentit une forte envie de pleurer et pensa à ses amis.

— Oh ! Ma chère, s'exclama Marina, l'air faussement inquiet. Votre première dispute !

— C'est normal entre deux êtres passionnés, répondit-elle froidement.

— Dimitri n'aime pas qu'une femme le contredise.

— Il savait à qui il avait affaire quand il m'a épousée. Nous avons travaillé et vécu ensemble pendant deux ans, lui rappela-t-elle. Il aime mon indépendance. Il aime que je lui résiste…

— Oh ! A cette époque-là, oui, sans doute. Mais maintenant que vous êtes sa femme, il exige de l'obéissance.

— Eh bien, il peut toujours attendre !

— Alors, ne vous étonnez pas qu'il se tourne vers une personne plus douce et plus docile — comme sa maîtresse. Je pense que c'est à elle qu'il téléphone en ce moment.

— *Sa maîtresse* ? Il n'aurait pas l'énergie de satisfaire une autre femme, répliqua Olivia, piquée.

14

La mère de Dimitri pinça les lèvres, désapprouvant ce langage trop direct.

— Mon fils est plus viril que vous ne pensez ! Je vous donnerai l'adresse de cette personne. Elle s'appelle Athéna. Ainsi, vous verrez par vous-même.

Un grand froid envahit Olivia. Sa belle-mère avait tant d'assurance... Oh ! Pourvu qu'elle se trompe !

— Je monte me coucher. Bonne nuit, balbutia-t-elle, impatiente de fuir son odieuse compagne.

Tremblante d'appréhension, elle gagna sa chambre et trouva Dimitri allongé au milieu du lit qui riait et parlait à voix basse au téléphone. Dès qu'il l'aperçut, il se hâta de couper la communication et Olivia sentit un malaise indicible l'envahir.

Ils s'observèrent un moment, comme deux adversaires sur un ring. N'était-ce pas de la déception, qu'elle lisait dans son regard ? Puis, Dimitri bondit du lit et passa devant elle.

— Où vas-tu ? demanda-t-elle, tout en se fustigeant pour le ton possessif de sa question.

— Dehors.

— A cette heure ?

Dimitri étudia sa bouche douce et tremblante, et faillit tout lui avouer. A la dernière seconde pourtant, il se ravisa.

— Oui, à cette heure.

Et sur cette réponse lapidaire, il se hâta de sortir de peur de se laisser attendrir.

Olivia demeura seule au milieu de la chambre luxueuse. Elle possédait par moitié, en plus de cette magnifique villa, un appartement en terrasse à Athènes avec vue sur l'Acropole, une maison bourgeoise dans Berkeley Square à Londres, un yacht, un jet privé et apparemment des liquidités illimitées. Mais paradoxalement, elle ne s'était jamais sentie aussi démunie, aussi dépouillée des valeurs qu'elle prisait. La richesse n'était rien sans l'amour de Dimitri.

Elle regarda à son doigt le splendide solitaire de sa bague de fiançailles, dont l'éclat semblait se moquer de ses doutes. Quant à la rivière de diamants, elle semblait peser à son cou comme la chaîne d'un esclave.

Elle était sa femme, pas un objet sexuel ou une vestale docile espérant son retour tandis qu'il s'amusait ailleurs ! S'il avait une maîtresse, elle le quitterait. Car jamais elle n'accepterait de le partager. Plutôt une vie sans Dimitri ! Demain, elle ravalerait sa fierté et demanderait cette adresse à Marina.

Elle vit que les fleurs de citronnier qu'elle avait placées sur l'étagère de la salle de bains s'étaient fanées. Etait-ce un présage ?

Comme elle avisait le miroir baroque, la gravité de la situation la frappa soudain avec une netteté glacée. Demain, à cette heure, peut-être serait-elle dans un avion qui la ramènerait en Angleterre…

1.

Trois ans s'étaient écoulés depuis qu'elle avait quitté Athènes. Trois longues et douloureuses années, depuis ce jour fatal où elle avait tout brisé dans la chambre conjugale, dans un accès de rage désespérée. Cela n'avait nullement apaisé son terrible chagrin, bien sûr.

Dimitri l'avait bel et bien trompée. Elle l'avait vu de ses propres yeux quand Marina l'avait conduite jusqu'à ce village près de Mycènes. Elles étaient arrivées juste à temps pour voir Dimitri escorter sa maîtresse vers sa voiture. Sa maîtresse *enceinte* !

Pendant un moment, Olivia avait été incapable de respirer, tant elle avait été terrassée par le choc : la femme était visiblement sur le point d'accoucher. Si ce constat l'avait blessée au-delà de la raison, la tendresse poignante de Dimitri pour celle qui portait son enfant avait été la pire des humiliations.

— Vous me croyez maintenant ? avait demandé Marina sur le chemin du retour.

Olivia avait su qu'elle ne pourrait jamais oublier cette trahison. En arrivant à la villa, sa belle-mère lui avait rappelé — et avec quelle satisfaction ! — que Dimitri devait être déjà en route pour le Japon.

— Partez, avait-elle commandé. Retournez vers ceux qui vous aiment.

— Oui, j'ai besoin de mes amis, avait murmuré Olivia, soudain impatiente de sentir autour d'elle des bras aimants.

Le message qu'elle avait rédigé à l'intention de Dimitri avait été bref, mais bien senti :

Quand il n'y a pas d'amour dans un mariage, c'est une erreur de vouloir le prolonger.

Pourtant, une part d'elle-même avait continué d'espérer. Peut-être viendrait-il en Angleterre pour s'excuser et implorer son pardon. Alors, ils pourraient tout recommencer…

Mais il n'avait donné aucune nouvelle et l'espoir en elle s'était éteint. En Angleterre, les hommes lui paraissaient ternes, comparés à Dimitri. Le paysage était plus gris que dans son souvenir, l'existence moins exubérante. La vie en Grèce, et un homme en particulier, lui manquaient, mais elle devait aller de l'avant. Et la première étape consistait à divorcer.

— Comment te sens-tu ? demanda Paul Hughes, son avocat et ami, en lui prenant la main.

Olivia la retira en faisant mine de remettre une mèche de cheveux dans son chignon serré.

— Prête pour la bataille, répondit-elle en proie à une froide colère.

— Le mois prochain, tu pourrais bien être l'une des femmes les plus riches et les plus puissantes d'Europe ! s'exclama-t-il d'un air triomphant.

L'argent et le pouvoir. Etait-ce donc tout ce qui intéressait les hommes ? Pourquoi ne faisaient-ils pas de l'amour leur priorité, à l'instar des femmes ? Olivia se renfonça contre la banquette, et se mit à chasser les plis imaginaires de son tailleur en lin, qui épousait parfaitement sa silhouette. Sa main tremblait et elle regarda fixement devant elle la nuque du chauffeur grec, en tentant désespérément de rassembler son courage.

*
* *

Sur son yacht mouillé non loin du port du Pirée, Dimitri travaillait sur son ordinateur, dictant ses instructions à ses collaborateurs éparpillés à travers le monde. Les affaires étaient florissantes : depuis trois ans il consacrait dix-huit heures par jour à son travail…

Dépliant son mètre quatre-vingt-cinq, il étira ses muscles, incapable de rester assis une seconde de plus. Il consulta sa montre avec impatience. Dans dix minutes, elle serait là.

Elle hantait son esprit depuis ce coup de téléphone reçu deux jours plus tôt.

— Je demande le divorce, avait-elle annoncé froidement.

— Viens le chercher, avait-il répliqué avant de couper la communication.

Ensuite, pendant une heure, il était resté prostré à ressasser sa colère. Une foule de questions l'avaient assailli. Où était-elle ? Pourquoi était-elle partie de manière aussi lâche ? Et pour quelle raison l'avait-elle épousé ? Pour l'argent, comme tout le monde se tuait à le lui répéter ?

Et surtout, l'avait-elle *jamais* aimé ?

Face à la mer étincelante, il se demanda encore pourquoi elle avait attendu ce jour pour réclamer le divorce. Avait-elle eu peur de sa colère jusque-là ? Elle aurait eu quelques raisons ! Mais sa mère avait une autre vision du problème : son épouse se trouvait à court d'argent, ce qui la poussait à l'affronter. Une hypothèse qu'il avait du mal à envisager, dans la mesure où il lui versait chaque mois une pension plus que généreuse sur leur ancien compte en banque.

Parfois, au cours de ses nuits d'insomnie, il s'imaginait poser les mains sur son cou… et l'étrangler. Ou la jeter à terre et… Non ! Il avait honte et se dégoûtait ! Il s'était cru un gentleman, mais Olivia l'avait réduit à ses plus bas instincts. La haine, le désir irrépressible et la vengeance…

19

De rage, il abattit son poing sur le bureau, avec une telle force que tout ce qui le couvrait en fut ébranlé. Ses yeux étincelèrent. C'était l'heure !

Montant les marches quatre à quatre, il émergea sur le pont et aperçut Eleni, la fille de son associé. Il avait consenti de mauvaise grâce à l'accueillir à bord pour une excursion de deux jours le long de la côte. Avec Olivia occupant constamment ses pensées, il avait été d'une piètre compagnie pour Eleni qui, de surcroît l'avait constamment irrité : trop dénudée, trop émotive, elle le regardait de ses yeux admiratifs de midinette. A dix-neuf ans, elle était une compagne bien trop jeune pour lui de toute façon. Pauvre gosse !

— Il est temps que tu partes, lui annonça-t-il d'un ton autoritaire. Tu dois être rentrée chez ton père pour le déjeuner.

D'un air boudeur, la jeune fille se leva, arrangeant le haut de son Bikini sur ses seins siliconés. Ses cheveux blonds flottant sur ses épaules, son corps voluptueux et hâlé rappelèrent insidieusement à Dimitri la dernière journée qu'il avait passée avec sa femme.

Il détestait évoquer ce souvenir, même l'espace d'une seconde. Tout le temps qu'ils avaient fait l'amour, cette garce avait planifié son départ ! La rage l'étreignit de nouveau. Olivia s'était moquée de lui, et cela, il ne le pardonnait pas.

Impatient de l'oublier, il avait couché avec plusieurs femmes qui lui avaient paru insignifiantes en comparaison d'Olivia. Pire, la pensée qu'elle ne pouvait se passer de contact charnel avec d'autres hommes ne cessait de le hanter. Combien de nuits exécrables avait-il passées, à imaginer son corps adorable se donnant à un autre que lui ?... Quelle torture.

Eleni s'approcha sur la pointe des pieds et déposa un baiser sur sa joue. Sa bouche se pressait plus fermement que d'ordinaire, ce qui confirma les craintes de Dimitri. Elle se préparait bel et bien à concourir pour le titre de la nouvelle Madame Angelaki !

A cet instant, il pesta intérieurement en voyant sa voiture déboucher sur le quai. Il avait mal calculé la durée du trajet sans doute. Ou alors, les embouteillages notoires d'Athènes avaient été moins denses à cette heure.

— Ma femme est là, déclara-t-il sèchement. File t'habiller et reste hors de vue.

Tandis qu'elle décampait, il entendit son petit ricanement moqueur et en fut irrité. Se débarrasser d'une épouse était pénible, en prendre une deuxième presque au berceau serait inenvisageable !

Dès que la voiture avait atteint la marina, Olivia avait repéré le yacht luxueux. Et la haute et arrogante silhouette de son mari sur le pont. A sa vue, son cœur avait bondi dans sa poitrine.

Mais elle se calma en apercevant la compagne de celui-ci, une blonde capiteuse en Bikini qui marchait vers lui en balançant des hanches. Elle l'embrassait sur la joue, à présent, et lui murmurait des mots langoureux à l'oreille. Cette fille lui était vaguement familière, sans qu'elle pût la situer avec précision. Peut-être l'avait-elle rencontrée à une fête, ou pendant leur mariage…

— Jolie poupée, commenta Paul.

Les yeux d'Olivia étincelèrent de mépris. La maîtresse de Dimitri avait été une jolie brune aux yeux noirs, complètement différente. De combien de sirènes avait-il besoin pour flatter son ego ? Alors qu'ils s'apprêtaient à discuter du divorce, il affichait sa dernière conquête ! Eh bien, s'il croyait l'impressionner !…

— L'une des « poupées » de Dimitri ! indiqua-t-elle d'une voix glaciale. C'est son bateau, et le voilà en personne.

— Waouh ! Ça vaut combien un rafiot pareil ?

Depuis le quai, Paul évalua le navire, puis la silhouette intimidante de Dimitri.

— Aucune idée, mais il a travaillé dur pour se l'offrir, expliqua-t-elle d'un ton bref. Il est parti de rien, son père était berger, et il est devenu un magnat de l'immobilier à force d'énergie, de détermination, et par la seule force de sa personnalité.

— On dirait que tu l'admires encore, commenta-t-il.

Olivia jeta un regard étincelant de colère à son compagnon.

— Tu te trompes ! Je déteste jusqu'à l'air qu'il respire et je préférerais être enfermée avec des rats que me trouver dans la même pièce que lui !

Olivia prit une profonde inspiration. Elle devait pourtant se calmer et rester digne, coûte que coûte. Dans son petit appartement de Londres, elle avait répété ce qu'elle dirait.

Elle atteignit le haut de la passerelle et attendit que Dimitri vînt vers elle. Mais ce mufle restait planté comme un roc, constata-t-elle. D'emblée, elle fut frappée par ses cheveux de jais impeccables et par l'éclat de ses yeux d'obsidienne. Un spectacle qui raviva au fond d'elle-même des braises qu'elle croyait à jamais éteintes. Le désir était donc toujours là, couvant comme un mal sournois ? Cette constatation faillit la faire chanceler.

Elle plissa les yeux derrière ses lunettes de soleil. La force de son torse se devinait sous sa chemise blanche, et sa bouche, qui avait parcouru son corps avec passion, affichait un cynisme flagrant. Son allure était impeccable et il dégageait une aura de richesse. Quel contraste avec l'air fatigué de Paul qui se remettait péniblement du voyage !

Oui, Dimitri Angelaki était beau et viril, doté d'un pouvoir de séduction hypnotique qui avait encore le don d'ébranler ses sens.

Le souffle court, Olivia sentit sa bouche s'assécher. Pensant sans doute qu'elle était nerveuse, Paul plaça une main au creux de son dos et la força à avancer. Olivia obéit pour ne pas trébucher, tout en maudissant silencieusement son compagnon de donner l'avantage à leur adversaire.

— Voici Paul Hughes, mon avocat, déclara-t-elle froidement sans autre préambule.

Les yeux braqués sur elle, Dimitri répondit par un signe de tête indifférent, ignorant délibérément la main que Paul lui tendait.

Irritée par sa mauvaise volonté, Olivia le fixa d'un œil glacial. Ses cheveux très noirs étaient coupés avec la même netteté qu'autrefois et la zone du cou bordant le col de chemise l'émut étrangement. Quant à son corps… Des picotements lui parcoururent l'échine.

C'était le plaisir d'autres femmes à présent. Celui de la blonde nubile cachée quelque part sous le pont, par exemple, et qui attendait que les doigts fermes de Dimitri l'amènent au plaisir…

Un violent accès de jalousie saisit Olivia. Comme Paul sautait à bord, elle prit la parole.

— C'est ta *secrétaire* que j'ai vue à l'instant ?

Bon sang, ce n'était pas ce qu'elle avait prévu de dire !

Au mot de *secrétaire*, Dimitri eut l'impression d'être projeté dans le temps. Il revit Olivia entrant dans son bureau londonien pour l'entretien d'embauche. Il recherchait à l'époque une secrétaire de direction. Mince et bien faite, elle avait dégagé une extraordinaire sensualité en dépit de son modeste tailleur beige et de son air très convenable. Ses yeux d'abord l'avaient séduit, profonds et mystérieux comme la mer. Puis sa bouche, joliment dessinée, avec la lèvre inférieure pleine et douce, au point qu'il avait eu envie de recevoir d'elle un baiser passionné et de sentir sur lui la caresse de ses cheveux d'un blond très pâle…

Jamais il n'avait oublié cet entretien, durant lequel il avait eu l'impression d'étouffer. Dès lors, il avait su que, quelles que soient les compétences de cette fille, il devait l'engager. Elle s'était avérée aussi efficace que belle…

Il se rappela cette tension si palpable entre eux, quand elle écrivait sous sa dictée… Son corps fabuleux étendu sur le bureau, tandis qu'il lui ôtait lentement ses vêtements avec des doigts tremblants…

Dimitri contracta les mâchoires. Assez… C'était fini ! Il voyait clair dans son jeu. Déconcentrer sa proie, la déstabiliser, repérer son point faible… C'était ce qu'elle cherchait à faire, mais cette fois, il entendait gagner la partie.

— Non. Pas… ma secrétaire, murmura-t-il en lui adressant un regard plein de sous-entendus.

La courbe de ses lèvres viriles captivait l'attention d'Olivia. Elle sentit au fond d'elle-même un mélange d'attirance et de culpabilité mêlées, et s'efforça de cacher son trouble.

— Ah ! Juste une amatrice de croisière, alors, le défia-t-elle.

Avait-il réellement détecté une note de jalousie dans ses paroles ? se demanda-t-il, amusé. Cela signifiait qu'elle n'avait pas reconnu Eleni. Du reste, comment l'aurait-elle pu ? Elle avait rencontré cette gamine avant que celle-ci ne décide de se faire remodeler les seins, de se teindre en blonde et de dépenser une partie de la fortune de son père en liposuccion.

— C'est indéniable, indiqua-t-il avec un sourire diabolique.

Puis, avant qu'elle n'ait eu le temps de protester, il lui ôta ses lunettes. Maintenant, il pouvait voir ses yeux et lui sourire à son aise.

— J'ai besoin de sonder ton âme, expliqua-t-il, narquois.

Un éclair de fureur embrasa les yeux d'Olivia. Quel culot ! Il flirtait avec elle, maintenant. Rien n'arrêtait cet homme au tempérament de feu. Et Athéna dans tout ça ? L'avait-il abandonnée ? Tel était celui qu'elle avait épousé, un individu pourvu du sens moral d'un chat de gouttière !

— Tu es toujours un macho de première ! lança-t-elle avec un mépris glacial qui masquait son désarroi.

— Olivia…, commença Paul, mal à l'aise.

— Laisse-moi parler ! répliqua-t-elle en pivotant vers lui si brusquement qu'il dut reculer d'un pas.

Etonné par sa véhémence, celui-ci leva les mains en signe d'impuissance. Dimitri sut à cet instant que cet homme ne satisferait jamais une femme comme elle, pas même une seconde. Elle aimait les hommes capables de vraie passion, qui savaient apprivoiser sa nature ardente et apporter dans sa vie le calme et la sérénité dont elle avait besoin.

L'esprit fonctionnant à toute vitesse, il ébaucha un plan. Pour commencer, il se débarrasserait de l'avocat, puis il informerait Olivia qu'elle devait rester en Grèce jusqu'à ce que le divorce fût prononcé.

Il esquissa un sourire. Il s'arrangerait pour obtenir d'elle les réponses aux questions qui le torturaient depuis trois ans. Ensuite, il trouverait un moyen pour l'empêcher de refermer ses griffes sur un autre homme — une menace peut-être ou une clause dans le jugement de divorce lui interdisant de se remarier avant plusieurs années…

Confiant, il redressa les épaules. Olivia allait tomber de haut.

2.

— Tu veux le divorce ? Je comprends, déclara Dimitri en les invitant à s'asseoir sur les transats du pont.

D'un mouvement souple et gracieux, Olivia s'installa sur les coussins avant de s'apercevoir que Paul et elle se trouvaient désavantagés sur leurs sièges bas. Dimitri les dominait de sa haute taille, visiblement satisfait de sa ruse. Elle l'aurait giflé !

— Et le plus vite possible, confirma-t-elle avec un sourire enjôleur. Je tiens aussi à ce que nos contacts soient limités au strict minimum.

Déterminée à le déconcentrer à tout prix, elle ôta ses escarpins et étendit ses pieds nus aux ongles rose nacré. Puis, déboutonnant sa veste, elle se renversa contre le dossier et, les mains sur la nuque, s'offrit voluptueusement au soleil.

Dimitri s'autorisa à la dévorer des yeux. Elle avait placé ses longues jambes fines de manière à ce qu'il ait tout loisir de les admirer, depuis l'arc du pied jusqu'à l'ourlet de sa jupe, à mi-cuisses. Les bras relevés rehaussaient le galbe provocant de ses seins, au-dessus de l'encolure sage de son T-shirt blanc.

Exquis ! apprécia-t-il, tous ses sens en alerte. Elle jouait ce petit jeu à fond.

Tournant le dos à l'avocat, il s'accroupit et promena sur elle un regard caressant. La raideur brusque des cuisses ne le trompa pas davantage que les pointes dressées de ses seins.

Ces réponses le renseignaient. Qu'elles fussent l'effet de son charme ou du désir ardent d'Olivia, peu importait finalement ; l'essentiel était qu'elle eût envie de lui. Il n'en aurait que plus de plaisir à la repousser plus tard. En attendant, il la désirait plus qu'il ne pouvait s'en souvenir.

Ses prunelles d'un bleu tendre l'aspiraient irrésistiblement et, pendant un instant, il oublia où il se trouvait et ce qu'il faisait. Son cœur s'emballa et de dangereuses pensées l'envahirent.

Elle réclamait une dissolution rapide de leur mariage avec le minimum de contacts ? Eh bien, il était tenté de lui faire subir exactement le contraire !

Posant une main sur l'épaule de la jeune femme, il lui dédia un sourire éblouissant.

— Que feras-tu pour me persuader d'accéder à ta demande ? murmura-t-il.

— Ce… Ce qu'il faudra, balbutia Olivia.

Sa voix était rauque, nota-t-il avec satisfaction. Et elle était nerveuse, car elle passa un petit coup de langue sur ses lèvres. Ce geste l'incita presque à l'embrasser et à explorer sa bouche.

— C'est vrai que tu t'es toujours jetée… corps et âme dans tous tes projets, évoqua-t-il d'un air rêveur.

— Ecoutez, coupa la voix irritée de l'avocat dans son dos, pouvons-nous poursuivre cette discussion dans un endroit plus approprié ? Nous aurons besoin d'une liste détaillée de vos biens…

— Oh ! railla Dimitri, les yeux rivés sur les lèvres entrouvertes de la jeune femme. Je pense qu'Olivia connaît *tous* mes biens.

— Y compris ceux qui sont situés au-dessous de ta ceinture et devenus la propriété publique de toutes les jolies femmes de passage ! glapit-elle.

Il sourit, et une lueur dangereuse alluma ses yeux noirs, la projetant dans un voluptueux vertige. Les doigts de Dimitri se resserrèrent sur son épaule en une étreinte possessive.

— Je ne peux quand même pas m'empêcher d'être viril. Tu ne t'en plaignais pas, du moins, en d'autres temps, murmura-t-il.

— Non, mais dites donc ! intervint Paul, rouge d'embarras.

— Venez par ici, mon cher.

Se levant d'un bond, Dimitri poussa l'avocat hors du transat et lui fit traverser le pont, avant que celui-ci se rende compte de ce qui lui arrivait.

— Dimitri ! s'écria Olivia en se redressant.

— Ne t'inquiète pas. Je reviens dans un moment, lança-t-il joyeusement par-dessus son épaule.

Elle pesta intérieurement, consciente d'avoir perdu la partie. Dire que, des heures durant, elle avait répété des invectives choisies et une analyse glacée de son caractère fourbe. Tout cela pour rien ! D'un simple regard, il l'avait privée de volonté, la laissant aux prises avec un tourbillon d'émotions…

— Une limonade, Madame ?

Dans un sursaut, Olivia releva la tête vers un serveur vêtu de blanc, portant un plateau avec une carafe en cristal et deux verres. *Deux* verres ! Dimitri avait donc prévu de se débarrasser de Paul… !

— Madame ?

— Oui, merci, répondit-elle en plaquant sur ses lèvres un sourire d'excuse.

Elle savoura la boisson rafraîchissante et se détendit un peu. Puis elle marcha jusqu'au bastingage et admira la mer cristalline, sur laquelle affleurait une myriade d'îles. Le charme de la Grèce… Une nostalgie inopportune s'infiltra dans son cœur. Elle aurait tout donné pour revenir vivre dans cette partie du monde. Si seulement il ne l'avait pas trompée !

Fermant les yeux, elle évoqua le promontoire d'Olympos qui s'avançait dans la mer saphir, les maisons blanches et bleu pastel ramassées au creux des vallées, les collines couvertes d'oliviers et de vignes, la lumière éblouissante... Tout n'était que passion, rire et émotion dans ce pays et, à cause de sa bouillante nature, Olivia s'était sentie chez elle. Les gens y étaient excessivement accueillants...

Elle se rembrunit. Ce mufle de Dimitri aussi, hélas ! Mais où diable était-il passé ?

— Olivia, pardonne-moi de t'avoir abandonnée.

Elle tourna vivement la tête. Débordant d'énergie, il marchait vers elle à grandes enjambées. Seul. Aussitôt méfiante, elle l'étudia d'un œil aigu.

— Où est Paul ?

Dimitri sourit en lui-même, se versa un verre de limonade et la rejoignit. Puis la tête de côté, il écouta. Intriguée, Olivia l'imita et, au bout d'un instant, elle perçut le bruit d'un moteur. Dimitri ébaucha un large sourire.

— Il est en ce moment même en route pour New York.

— New... York ? balbutia-t-elle.

Se tournant vers le quai, elle vit la voiture de Dimitri qui disparaissait vers la ville.

— Il semblait enthousiaste.

— Combien lui as-tu offert pour qu'il déguerpisse ? demanda-t-elle d'un ton amer.

— Pas beaucoup, à vrai dire, avoua-t-il en riant.

Le cœur d'Olivia se serra. Elle se rappelait les rires qu'ils avaient partagés, ce bonheur qui n'avait été qu'à eux seuls — du moins l'avait-elle cru.

— Le prix d'un billet d'avion en première classe, reprit-il, avec de quoi couvrir les dépenses d'hébergement et tous les frais...

— Pourquoi ? coupa-t-elle en le haïssant.

Il prit un air innocent.

— Mais parce que mon avocat se trouve là-bas !

— Je vois. Ne serait-ce pas plutôt pour m'amener à accepter le plan que tu as en tête, que tu l'as éloigné ?

— Quel mauvais esprit tu as ! Je pensais que tu serais contente de me voir agir avec promptitude. Nos avocats respectifs pourront travailler à dresser la liste de mes biens et arriver à un compromis acceptable pour les deux parties…

— Je veux juste le divorce, déclara-t-elle avec un geste d'impatience. Rien d'autre.

Dimitri arqua un sourcil surpris.

— Tu veux dire… pas d'argent ? Pas de biens ? Pas de bijoux ?

— Exactement.

— Oh ! Je t'en prie, ne m'insulte pas en prétendant ne pas t'intéresser à ma fortune ! Aucune femme ne refuserait l'occasion de devenir riche. Et pas un tribunal ne m'autoriserait à te laisser sans le sou. Je sais que tu viens réclamer ton dû. Pour me débarrasser de toi, je suis disposé à te donner ta part. Je sais que tu savoures déjà l'indépendance que cela te procurera…

— Je suis indépendante, avec ou sans argent, répliqua-t-elle, blême de colère. Je n'ai pas besoin qu'un homme m'entretienne !

— C'est ça ta défense ? Impressionner le juge avec tes désirs modestes ? Tu oublies tout ce que je te dois pour le plaisir que tu m'as donné en véritable professionnelle. Dans la chambre, sur la moquette du salon, contre le…

— *Professionnelle ?* Je ne suis pas une de tes prostituées ! lança-t-elle, outrée.

— Prends-le comme tu voudras. Il n'empêche qu'épouser un homme pour son argent est une forme de prostitution.

— Comment oses-tu ? Je ne veux rien me rappeler ! cria-t-elle, aux prises avec un flot d'images érotiques qui malmenaient son corps et son esprit.

Elle le détestait de détruire leurs moments heureux et de réduire leur relation à une sordide histoire d'argent. Dimitri ne l'avait pas aimée, il l'avouait enfin. Et cette vérité-là la blessait bien plus qu'elle ne l'avait imaginé.

— Rien ?

Sa bouche avait pris un pli si sensuel qu'elle sentit un frisson de désir s'emparer d'elle.

— Non, articula-t-elle avec effort. Car tout n'était que mensonges, n'est-ce pas ? Les déclarations d'amour, les fleurs, les cadeaux et les messages que tu laissais à mon intention. Cela faisait partie de ta tactique de séduction, parfaitement rôdée auprès de… De combien de femmes ? Des centaines, je suppose. Et tu as probablement engendré autant d'enfants dans ce pays ! A New York aussi, pourquoi pas ? Tu m'as humiliée avec tes trahisons et c'est avec joie que j'ai décidé de disparaître sans laisser de traces, pour t'empêcher de te remarier avec une autre femme naïve que tu te serais empressé de tromper !

Mon Dieu, qu'était-il advenu du discours glacé qu'elle avait préparé ? Elle avait tout oublié. Cet homme la rendait folle décidément !

— Moi ? Te tromper ?

Dimitri fronçait les sourcils comme s'il ne comprenait pas de quoi elle parlait.

— Je vois. Tu te rends compte que d'un point de vue légal tu es dans une position inconfortable, poursuivit-il. C'est plus facile de m'accuser d'infidélité. Si tu es disposée à me salir pour arriver à tes fins…

— Te salir ! cria-t-elle, avec un mouvement brusque qui fit voler les dernières épingles de son chignon. Mais tu es déjà trop écœurant ! Je te vois bien dans un égout. Tu te gaverais de rats morts !

— Tes yeux sont presque violets de rage, commenta-t-il rêveusement. Et tu rougis. Je pourrais presque imaginer…

Même au plus fort de la colère, Dimitri réussissait à trouver ses éclats amusants. Leurs disputes brèves et enflammées s'étaient toujours terminées par des rires, déclenchés le plus souvent par quelque comparaison folle d'Olivia. Et après le rire venait la réconciliation…

— N'essaie pas de flirter avec moi ! coupa-t-elle, furieuse de ce ton séduisant.

— Je ne peux pas m'en empêcher…

— Ça, j'en suis sûre, parce que tu considères les femmes comme des jouets sexuels.

D'un geste impatient, elle rejeta en arrière ses cheveux qui lui tombaient sur le front.

— Ecoute. Le problème est simple : je veux le divorce. A toi d'arranger ça… rapidement.

— Mais il y a tant de choses à discuter, protesta-t-il. Ton avocat parlait d'obtenir le partage de ma fortune…

— Je ne lui ai rien demandé de tel !

— Vraiment ? Désolé, Olivia, mais j'ai peine à croire qu'il ait pris sur lui de décider quelle part devait te revenir.

Voyant son sourire cynique, elle eut envie de le frapper, et Paul avec ! Il croyait qu'elle était venue pour réclamer sa part et l'attitude de Paul n'avait fait que le conforter dans cette opinion.

— Avoue, Olivia. Ensuite nous pourrons négocier, reprit-il. Je sais que tu ne t'attends pas à repartir les mains vides, pas après tous les efforts que tu as déployés pour me rendre fou de toi jusqu'à ce que, dans un moment d'égarement, je te demande de m'épouser.

— Oh ! Ainsi, tu ne répondais plus de tes actes ?

— Comme je viens de le dire, j'étais envoûté. Et tu le sais.

Leurs regards se croisèrent et Olivia se sentit sur le point de succomber à son charme. Comme la première fois où elle avait pénétré dans son bureau et que la pièce avait semblé tourner autour d'elle…

— Tu m'as donné une leçon cependant, ajouta-t-il.

— Laquelle ? demanda-t-elle d'une voix hésitante.

— Je ne suis pas bon juge en ce qui concerne les femmes, quand le désir me possède.

Le silence retomba et elle s'efforça de garder la tête froide.

— Que feras-tu quand tu seras de nouveau libre ? s'enquit-il à cet instant.

— J'entamerai une nouvelle vie.

— Avec Paul ?

— Qu'est-ce que ça peut te faire ?

« Beaucoup de choses », pensa-t-il, pris soudain d'une haine féroce pour tout homme qui oserait la regarder au fond des yeux ou la toucher. Il ébaucha un mouvement d'épaule désinvolte, ravalant sa rage.

— Je détesterais l'idée que tu puisses être frustrée.

— Aucune chance, lui assura-t-elle.

Ce disant, elle surprit dans son regard ce qui ressemblait à un éclair de colère.

— Il arrive donc à t'exciter ?

— Ça suffit ! Je ne discuterai pas de ma vie privée avec toi, répliqua-t-elle avant de se détourner.

Mais Dimitri la retint par le bras.

— Dis-moi, Olivia, est-ce la sensualité de nos corps-à-corps qui t'a poussée à m'épouser ? Tu pensais que nous nous amuserions quelque temps, après quoi tu choisirais une vie indépendante et facile. Et tu as estimé que le moment était venu de mettre fin à notre union, n'est-ce pas ? J'admire ton obstination et ta patience, car tu as joué cette comédie à la perfection.

Quel mufle ! Il pensait qu'elle l'avait épousé dans la perspective d'un divorce lucratif ? Profondément blessée, elle ôta un à un les doigts qui retenaient son bras.

— Tu ne me connais pas du tout ! se défendit-elle.

— Assez pour savoir que Paul n'est pas l'homme qu'il te faut.

— Au moins, il n'est pas coureur de jupons !

— Je veux bien le croire, ironisa-t-il. Ce type n'a pas de tripes. Malheureusement pour lui, car il risque de se trouver au centre d'une belle bataille juridique.

Olivia le regarda, alarmée.

— Que… Que veux-tu dire ?

— Oh ! Je ne vais pas le provoquer en duel pour toi. Tu n'en vaux pas la peine. Mais je pourrais contester le divorce et te poser quelques problèmes.

— Ce serait indigne de toi, répondit-elle d'une voix sourde.

— Avoue que ce serait dans mon intérêt, dit-il pensivement. Qu'est-ce que je gagne à divorcer ?

— Ta liberté.

— Je l'ai déjà. Je fais ce qu'il me plaît.

Oh ! Pour ça, il avait toujours fait ce qu'il avait voulu, songea Olivia avec amertume.

— Tu aurais le droit de te remarier.

— Peut-être que je ne le veux pas.

— Mais tu désires des enfants, le contra-t-elle. Tu as beau te prendre pour un dieu, tu ne peux créer seul tes héritiers. Et en dépit du nombre de bâtards que tu as dû engendrer, je sais que tu voudrais avoir au moins quelques enfants légitimes. Tu trouveras vraiment ton compte dans ce divorce, alors cesse de prétendre le contraire.

— Dis tout de suite que tu me fais une faveur !

— Réfléchis un peu. Nous ne pouvons pas continuer à être ni célibataires ni mariés ! plaida-t-elle avec force. Je veux sortir de cette relation, Dimitri. Me défaire de toi, une bonne fois pour toutes. Tu as le bras long. Fais en sorte que nous divorcions rapidement et tu pourras courir après toutes les femmes, en gardant bonne conscience : tu sais, la petite voix dans ton esprit qui te prévient quand tu te conduis mal, ajouta-t-elle, perfide.

Il parut amusé.

— Ne pense pas qu'un divorce m'effacera si facilement de ta mémoire, murmura-t-il.

Olivia frémit. Il avait raison. Il avait été trop important dans sa vie pour qu'elle l'oublie.

— J'espère bien que si, assura-t-elle avec raideur. Pour en revenir à ce divorce…

— Il n'y a qu'un inconvénient : cela prendra du temps, j'en ai peur, l'informa-t-il, feignant le regret. J'ai pris des renseignements après ton coup de téléphone. Les tribunaux sont débordés.

Tendant la main, il dégagea les mèches folles qui encombraient son visage. Olivia sentit son souffle, comme une caresse irrésistible, et cette sensation sema le chaos dans son cœur affolé.

— J'espère que tu te rends compte que tu devras rester ici pendant le déroulement de la procédure, termina-t-il.

— C'est ridicule ! Je reprends l'avion demain matin…

Il secoua la tête d'un air navré.

— Comme tu voudras. Mais il y a des hommes de loi à rencontrer, des papiers à signer… Sans compter les complications. Il faudra trois ou quatre mois avant que notre affaire soit examinée. Puis un délai d'un an pendant lequel…

— *Un an !* Ce n'est pas possible ! protesta-t-elle, en fermant les yeux, accablée.

— Si c'est ton travail qui pose problème…

— Non, ce n'est pas ça…

— Alors, qu'est-ce qui t'empêche de rester ici et de discuter avec moi des étapes du procès ?

Elle ne pouvait pas faire ça ! La seule voix de Dimitri la bouleversait. Son regard la liquéfiait. Tout son être réclamait un contact physique. Un baiser, une caresse, une étreinte passionnée de ses bras forts… N'importe quoi.

Ce n'était donc pas fini entre eux, pensa-t-elle, lugubre. Elle le détestait, le méprisait. Pourtant, un lien terrible subsistait, plus fort que jamais.

— Je pourrais peut-être faire accélérer les choses, insinua-t-il en s'approchant d'elle. Si je le voulais.

Olivia rouvrit les paupières. Sa bouche était à quelques centimètres de la sienne et il penchait la tête comme s'il guettait le moment de l'embrasser. Ses yeux voilés et le pli provocant de ses lèvres la troublaient infiniment.

Elle serra les dents. Elle serait impardonnable si elle se laissait toucher par ce type qui n'était même pas digne de cirer ses chaussures !

— Eh bien, fais chanter quelqu'un s'il le faut, le pressa-t-elle. Je m'en moque, pourvu que tout soit fini au plus vite.

Il esquissa un sourire et s'empara du verre qu'elle tenait pour le poser avec le sien sur une table. Puis il lui prit les mains et, des pouces, caressa doucement ses paumes. Incapable de bouger, Olivia le regardait, tandis que des vagues de chaleur intense transformaient son corps en un véritable brasier.

— Je le ferai, acquiesça-t-il. Mais… à un certain prix.

Elle s'efforça d'arborer une mine confiante, mais Dimitri l'avait prise dans ses bras, et son corps viril touchait presque le sien. De tout son être, Olivia mourait d'envie de se porter en avant pour se presser contre son torse ferme, savourer la pression de ses hanches minces et de sa virilité…

— Je ne paierai pas ce prix-là ! maugréa-t-elle dans un sursaut.

— C'est ce qu'on verra, répondit Dimitri avec une tranquille assurance.

L'excitation d'Olivia le surprenait. Mais leurs exigences charnelles n'avaient-elles pas toujours été égales ? Nul doute que Paul était incapable de la satisfaire. Quoi qu'il en soit, elle l'oublierait très vite, car il avait la volonté farouche d'effacer de son esprit et de son corps le souvenir de ses amants.

Du pouce, il effleura sa bouche tremblante. La spirale du désir le saisit quand il s'aperçut que sa respiration était saccadée. Oh ! Posséder ce corps fabuleux et lui rappeler l'extase qu'ils avaient connue… Rien d'autre ne soulagerait sa douleur. Bon sang ! Comme il la désirait ! *Maintenant* ! Non, pour l'heure, il était plus sage de battre en retraite.

— Attends là, je vais voir ce que je peux faire, murmura-t-il.

Pourtant, il ne put s'empêcher de lui effleurer les lèvres. Pour un baiser bref et anodin, pensa-t-il. Mais en l'espace de quelques secondes, ils se retrouvèrent fougueusement enlacés. La violence de leur passion le dépassait, et sa raison l'avertit qu'il devait s'arrêter avant de lui montrer à quel point il était désespéré.

— Très agréable, énonça-t-il. Mais j'ai un coup de téléphone à passer…

Tout tremblait en lui. Son sang bouillonnait, ramollissant son cerveau. Se passant une main dans les cheveux, il tenta de recouvrer son équilibre physique, mental, et émotionnel.

— Je vais voir ce que je peux faire pour accélérer les choses, répéta-t-il.

Dans un état second, il retrouva le chemin de sa cabine. Bon sang ! Cette femme le rendait littéralement fou. Plus il l'avait, plus il la voulait. Cette fois cependant, il poserait ses conditions et ne s'impliquerait pas émotionnellement.

Comme il se dirigeait vers le salon, une idée lui vint, d'une extraordinaire simplicité. Olivia et Eleni… Il traiterait les deux problèmes en même temps, tout simplement !

Dans son enthousiasme, il se surprit à sourire avec stupidité. Il ne doutait pas qu'Olivia lui réservât des surprises, mais bientôt, elle le supplierait de la garder. Il savait exactement ce qu'il lui répondrait, avant de la laisser tomber. Alors, cette traîtresse connaîtrait à son tour l'humiliation et le chagrin d'être rejetée.

3.

Olivia resta cramponnée au bastingage, car ses jambes avaient peine à la soutenir. Pas étonnant qu'elle n'eût pas été intéressée par les quelques hommes qui s'étaient empressés de lui faire la cour, ces dernières années. Elle avait accepté plusieurs invitations à dîner, espérant oublier Dimitri dans les bras d'un autre. Mais ces rendez-vous n'avaient fait que renforcer l'emprise qu'il avait encore sur elle.

Le revoir, c'était plonger dans un maelström d'émotions, où tous les sens étaient exacerbés, où toutes les fibres de son corps vibraient, comme électrisées.

Au bout de quelques instants, elle se mit à arpenter le pont, choquée par l'excitation qu'il avait éveillée en elle, et honteuse que son désir prît le pas sur le mépris qu'elle lui vouait. Il imaginait qu'elle se précipiterait dans son lit à la première occasion — et peut-être n'avait-il pas tort, pensa-t-elle, mortifiée.

L'entendant remonter, elle se tourna dans sa direction, le cœur battant. Tandis qu'il marchait vers elle, ses yeux ténébreux la fixaient sans ciller.

— Je peux te satisfaire rapidement, annonça-t-il, un sourire aux lèvres.

Outrée, Olivia leva la main pour le gifler, mais il intercepta son bras.

— Comment oses-tu ? murmura-t-elle.

— Désolé. Certains sens m'échappent parfois dans ta langue. Je voulais dire : satisfaire *ta demande de divorce* rapidement, expliqua-t-il, amusé.

Olivia plissa les yeux d'un air méfiant. Il savait parfaitement ce qu'il avait dit, car son anglais était impeccable. Si elle l'avait pris au mot, nul doute qu'il l'aurait traînée dans sa cabine sans perdre une seconde ! Et la nymphe au buste pneumatique dans tout ça ? Comment Dimitri avait-il l'audace de jongler avec deux femmes à bord ?

— Alors, fais-le, répliqua-t-elle froidement en retirant vivement son bras.

— Et tu consentiras à ce que je veux ?

— Sauf si c'est illégal ou immoral.

— Ne t'inquiète pas. Il s'agit de quelque chose qui entre tout à fait dans tes cordes, répondit-il. Je te donnerai les détails au cours du déjeuner.

D'un geste, il l'invita à descendre dans la cabine, mais Olivia ne bougea pas.

— Est-ce un prétexte pour m'attirer dans ton lit ? s'enquit-elle prudemment.

— Est-ce une façon détournée de m'en donner l'autorisation ? murmura-t-il d'une voix doucereuse.

Elle s'empourpra violemment.

— Certainement pas ! Je te déteste, Dimitri. Penses-tu vraiment que j'irais me glisser entre tes draps ?

Il haussa les épaules d'un air nonchalant.

— Oh ! Les draps ne sont pas utiles. J'ai un bureau très large… Bon, se hâta-t-il d'ajouter en voyant son expression furieuse, je me contenterai du déjeuner. Tu as faim ?

Olivia acquiesça. Cela faisait des heures qu'elle n'avait rien avalé. Sa nervosité lui avait fait sauter le petit déjeuner et même le dîner de la veille. Cela ne servait à rien de garder l'estomac vide, surtout que Dimitri avait toujours une excellente table à bord. Puis elle se souvint de sa nymphette blonde cachée quelque part. Elle n'avait aucune envie de tenir la chandelle !

— Est-ce que ton… *amie* se joindra à nous ? demanda-t-elle avec réticence.

— J'aime autant éviter ça, répondit-il en lui tendant ses escarpins. Et toi ?

Olivia le fusilla du regard.

— Crois-moi, déclara-t-il comme ils entraient dans la salle à manger lambrissée, je préfère me tenir à distance de cette fille. Un membre de l'équipage la conduit discrètement à terre en ce moment.

Quelle brute ! pensa-t-elle. Il s'arrangeait toujours pour que ses maîtresses ne se rencontrent jamais. Ecœurant !

Ils avaient fini leurs mezzés, et le serveur leur apporta un délicieux plat de rougets.

Patiemment, elle écoutait Dimitri louer la cuisine grecque, tandis que les notes assourdissantes d'un air folklorique s'échappaient d'une chaîne hi-fi, cachée quelque part. Elle se demanda quand il en viendrait au fait.

Tout en parlant gastronomie, il s'était penché vers elle et, à cause du volume de la musique, elle fut forcée d'en faire autant. Tout concourait à donner à leur repas une intimité factice. La proximité de Dimitri, son parfum subtil qui traînait dans l'air chaque fois qu'il rejetait la tête en arrière et se mettait à rire, les notes obsédantes du bouzouki qui engourdissaient l'esprit…

Devinant que cela obéissait à une tactique délibérée, Olivia essaya de rester de marbre.

— Je dois me présenter à mon hôtel cet après-midi. Je n'ai pas le temps d'écouter un exposé gastronomique. Dis-moi ce que tu exiges de moi en échange d'une procédure de divorce accélérée. Et ne suggère surtout pas le sexe. Tu peux trouver ça ailleurs.

D'un mouvement nonchalant, Dimitri se renversa contre son dossier, tout en l'étudiant par-dessus sa coupe de champagne.

— Tu peux me sortir d'une situation difficile, commença-t-il en soupirant. Il s'agit de ma mère.

Olivia écarquilla les yeux.

— Continue.

Il s'efforça de prendre un air inquiet. Ce qui n'était pas facile quand, sûr de l'ingéniosité de son plan, il trépignait presque d'enthousiasme. Cependant, il réussit à froncer les sourcils et laisser échapper un autre soupir feint.

— Quand je serai libre, elle veut que j'épouse une femme convenable…

— C'est-à-dire tout le contraire de moi, coupa Olivia avec ironie.

— Je n'ai jamais compris pourquoi vous ne vous entendiez pas, toutes les deux. Quoi qu'il en soit, ces dernières années, elle n'a cessé de me harceler pour que je retrouve ta trace, que j'obtienne le divorce et que je me remarie afin de donner des héritiers à l'empire Angelaki.

— Tu… n'as pas tenté de me rechercher ? demanda-t-elle, à la fois surprise et déçue.

Dimitri se rembrunit, détestant évoquer cette période. Non, il n'avait pas essayé. N'avait-elle pas clairement exprimé qu'elle ne l'avait pas aimé ? Qu'y aurait-il gagné, à part du chagrin et de violentes querelles ? Avec une froide résolution, il avait fermé son cœur et pansé ses blessures. Le temps passant, il s'était rendu compte que sa colère et sa frustration s'apaisaient et — ce n'était pas un moindre avantage — que son statut d'homme marié tenait à distance respectueuse les autres femmes, si bien qu'il avait pu se plonger entièrement dans le travail.

— Je n'en voyais pas l'intérêt, répondit-il d'une voix coupante.

Le cœur d'Olivia se serra. Il n'avait même pas espéré sauver leur couple. Cela en disait long sur la profondeur de ses sentiments d'alors, et sur l'idée qu'il se faisait du mariage. Désemparée, elle baissa la tête.

— Plus vite je partirai, mieux cela vaudra. Dis-moi ton prix. Ce que tu veux que je fasse.

Dimitri ébaucha un sourire de triomphe.

— Je veux que tu tiennes un rôle que tu as déjà joué.

Un jeu ! pensa-t-elle, accablée. En même temps, son cœur bondit dans sa poitrine. Sans trop savoir comment, elle réussit à lui lancer un regard dédaigneux.

— Celui de secrétaire ?

Le rire de Dimitri devint franchement lascif.

— Tu tiens à essayer mon bureau, finalement ?

— Ne te fais surtout pas d'illusions !

— L'idée d'admirer tes jambes pendant que je te dicterais des instructions est certainement attrayante, admit-il, mais ce n'est pas ce que j'ai en tête... pour le moment du moins.

Elle se hérissa en entendant ces derniers mots.

— Quoi, alors ?

— Il se trouve que ma mère a malheureusement trouvé une femme convenable pour être ma prochaine épouse. Une jeune héritière grecque.

Olivia tressaillit.

— Pas... la blonde oxygénée que tu cachais dans un placard tout à l'heure ?

— Eleni, justement. Tu ne te souviens pas d'elle ? La fille de Nikos Kaloyirou, l'associé de mon père...

— Oui, bien sûr ! s'exclama-t-elle, stupéfaite. Je me souviens de lui aussi. Un homme très distingué, mais adorable.

— Il disait beaucoup de bien de toi.

— Tu veux dire que la femme que j'ai vue sur le pont est la petite Eleni ? Elle... Elle est si différente maintenant.

Elle se rappelait l'adolescente aux traits grossiers qui s'accrochait aux basques de Dimitri comme s'il avait été un dieu. La poitrine plate et les hanches rondes avaient disparu. Eleni avait à présent une silhouette de rêve.

— Grâce au travail d'un bon chirurgien-plasticien et à la générosité d'un père qui l'adore, répondit-il, ironique. Oh ! Physiquement, elle est fascinante, désormais…

Olivia se raidit, paralysée par la jalousie.

— Si elle est si épatante, où est le problème ? Qu'est-ce qui te retient de l'épouser et d'avoir des maîtresses ? s'enquit-elle d'un ton acerbe.

— Tout. Elle est stupide, elle ricane sans arrêt au point que j'ai envie de l'étrangler. Je déteste l'idée que mes enfants puissent hériter de ses manières et de sa cervelle de moineau. Ils devront posséder une intelligence vive pour diriger mes affaires plus tard — et chasser les coureurs de dot. Tu comprends ma situation ?

Olivia restait perplexe. Ce n'était pas tant son sourire qui l'intriguait qu'un je-ne-sais-quoi en lui qu'elle ne parvenait pas à identifier. On aurait dit que la ruse couvait dans son regard. Ses soupçons redoublèrent.

— Qu'est-il advenu de ton pouvoir de persuasion ? Ne peux-tu pas utiliser ta diplomatie légendaire pour te tirer d'affaire ? suggéra-t-elle avec cynisme.

— C'est ce que je fais… en t'utilisant, toi, répondit-il d'un ton doucereux. Laissons de côté nos divergences. Nous pouvons nous rendre service mutuellement. Je veux laisser tomber Eleni en douceur, sans insulter mon associé, et éviter des répercussions fâcheuses sur nos affaires.

— Où est-ce que j'interviens dans cette histoire ? demanda-t-elle, en l'étudiant sous ses paupières baissées. Tu veux que j'avertisse Eleni ? Je pourrais lui raconter quel épouvantable mari tu étais. Comment tu me laissais à la merci de ta mère, cette langue de vipère, pendant que tu voyageais à travers le monde et te glissais dans les lits d'autres femmes…

— Non, je pense à quelque chose qui préserverait ma bonne réputation, dit-il en riant.

— Bonne réputation ? Mon œil ! Alors, quelle est l'idée ?

Dimitri inspira profondément avant de déclarer d'un air presque humble :

— Je veux que tu fasses croire que nous sommes de nouveau tombés amoureux l'un de l'autre.

Olivia le fixa, médusée.

— Tu es malade ?

— Pas du tout. Et je n'ai jamais été aussi sérieux.

— Mais… c'est la chose la plus ahurissante que j'aie jamais entendue !

— Les gens y croiront, Olivia. Nous sommes capables de monter une bonne comédie…

— La réponse est non ! trancha-t-elle, soudain très pâle.

— Tu pourras toujours m'injurier en privé et me jeter ce que tu veux à la tête. Réfléchis. Ce sera le divorce le plus rapide de toute l'histoire de la Grèce.

— C'est ça qui m'intéresse. Mais de là à faire semblant de t'aimer !

— Oui, ça fait bizarre d'y penser, n'est-ce pas ? convint-il d'un ton joyeux. Bah ! Songe à l'issue. Si je suis disposé à te supporter, je ne vois pas pourquoi tu ne pourrais pas faire la même chose pour moi.

Elle se hérissa à cette remarque.

— Oh ! Tu aimerais me voir minauder autour de toi, j'en suis persuadée. Moi, à l'inverse, je détesterais chaque seconde de cette comédie absurde.

Même en prononçant ces mots, elle eut conscience de ne pas être complètement honnête envers elle-même.

— Olivia…

Dimitri prenait sa voix la plus cajoleuse. Et bien qu'elle perçût son hypocrisie, elle se sentait une fois de plus séduite par son timbre velouté.

— Ce sera une bonne farce à jouer. Peut-être même nous quitterons-nous sans rancœur. J'ai besoin que tu acceptes, pour me débarrasser d'Eleni. S'il apparaît que nous sommes de nouveau ensemble, alors Eleni, son père et ma mère finiront par se résigner.

— Tu crois ?

Il se pencha par-dessus la table, fixant son regard réticent.

— Ils ne pourront pas en conscience intervenir entre un mari et une femme. Ils jetteront leur dévolu sur un autre prétendant pour Eleni. Elle ne perdra pas la face et ses sentiments seront préservés. Elle finira par se détacher de moi. C'est une gamine raisonnable, au fond, malgré son caractère d'enfant gâtée. Mon empire immobilier sera sauf et mes employés seront assurés de garder leur emploi. Tu ne voudrais pas voir tous ces braves gens réduits à la misère, parce que tu ne veux même pas faire un effort ?

— Pas de chantage, tu veux ? s'écria-t-elle, indignée. Tout à l'heure tu vas me dire que des familles entières se trouveront à la rue ou se suicideront par ma faute !

— Tu exagères toujours, répondit-il en éclatant de rire.

Olivia était fascinée par sa bouche rieuse. Ce dont il dut s'apercevoir, car il se pencha davantage.

— Plus sérieusement, reprit-il, je m'attends effectivement à des problèmes d'emploi si j'insulte Eleni et son père en refusant de la prendre pour femme. En Grèce, nous sommes très attachés à l'honneur familial, tu le sais. Tu peux me rendre ce service, Olivia…

— Impossible ! protesta-t-elle, effrayée à l'idée de devoir supporter sa présence.

46

Mais déjà une petite voix sournoise la poussait à accepter. Que faire ? Elle ne pouvait se fier à ses émotions et ne voulait pas risquer de tomber amoureuse encore une fois.

— Tu en es capable, d'autant que cette farce ne durera pas longtemps. Une fois Eleni hors circuit, tu seras libre. Cela ne devrait pas être trop difficile de faire semblant de m'aimer. Après tout, tu l'as fait pendant six mois, quand nous étions mariés.

— C'est… de la manipulation pure !

Avec un sourire carnassier, il leva son verre comme pour porter un toast et le vida. Olivia le fixa, s'imaginant de nouveau avec lui, faisant semblant de…

A son tour, elle saisit son verre et avala rapidement une gorgée pour apaiser la sécheresse de sa bouche.

— Combien de temps cette comédie devra-t-elle durer ? demanda-t-elle.

— Deux semaines maximum, j'espère. Prends un congé…

— Inutile. Je viens de perdre mon emploi, expliqua-t-elle.

Puis elle se maudit intérieurement en le voyant sourire.

— Alors, où est le problème ? Tu n'as même pas à mentir à propos de tes sentiments à mon égard. Juste un regard énamouré par-ci, un soupir par-là…

Avec enthousiasme, il attaqua les légumes dans son assiette, les trempa dans une sauce exotique et les porta à sa bouche.

— Un délice…, murmura-t-il en fermant les yeux d'un air extatique.

Elle eut l'impression déconcertante qu'il ne parlait plus de nourriture, mais de la perspective de la manœuvrer bientôt à sa guise.

— Je ne suis pas de cet avis, marmonna-t-elle.

— Je t'assure. Goûte, l'invita-t-il en choisissant de laisser planer le malentendu.

Il approcha la fourchette de sa bouche. Sans réfléchir, elle entrouvrit les lèvres avant de se rendre compte qu'elle tombait dans un piège. La bouchée fondit sur sa langue, la sauce veloutée stimula ses papilles. Les yeux sombres et brûlants de Dimitri plongèrent dans les siens, excitant d'autres sens.

L'air entre eux vibrait d'électricité, comme si leurs corps étaient connectés au même circuit fatal. Prise de faiblesse, elle s'empara de son verre et s'aperçut qu'il avait été rempli.

La tête lui tournait, sans qu'elle sût si c'était l'alcool ou la proximité de Dimitri qui lui causait ce vertige. Une chose dont elle était sûre pourtant, c'était qu'elle devait mettre fin à ce tête-à-tête, avant d'être tentée de se pencher un peu plus, et de…

— Olivia ?

Elle déglutit, tandis que les syllabes rauques pénétraient sa conscience. La musique les enveloppait, le rythme insistant accaparait son esprit. D'un geste d'une tendresse émouvante, Dimitri lui toucha la joue. Malgré elle, Olivia ferma les yeux.

— As-tu peur que nous finissions au lit ensemble ? demanda-t-il.

Brusquement, elle rouvrit les paupières.

— Certainement pas ! s'écria-t-elle.

— Alors, tu aurais tort de refuser, conclut-il en arrachant une feuille d'artichaut.

Il dégusta la partie charnue avec délicatesse. Le sourire qui accompagnait ses mouvements faisait bouillir le sang d'Olivia. *Finir au lit* ?… Il avait l'arrogance de poser une telle question ! Certes, il excellait dans l'art de la séduction, mais elle n'en était pas au point de succomber à son charme !

D'ailleurs, le remède pour s'en prémunir était simple. Il lui suffisait de se souvenir qu'il avait au moins un enfant illégitime et qu'il considérait les femmes comme des jouets, destinés à son seul plaisir. Elle le détestait ! se répéta-t-elle en frémissant de dégoût.

— Je devrais faire semblant d'aimer ta compagnie, voilà ce qui me répugne, déclara-t-elle en attaquant sauvagement son poisson comme s'il s'agissait du corps de Dimitri. Et que fais-tu de ta mère ? Elle sera loin d'être ravie, c'est le moins qu'on puisse dire !

— Elle t'en veut de m'avoir quitté, convint-il. Mais il est temps qu'elle comprenne que c'est à moi de gérer ma vie. Un jour, il se peut que je tombe amoureux. Elle doit se préparer à accueillir la femme que j'aime, qui que ce soit.

Olivia se crispa à ces mots. Quelque chose lui déchirait la poitrine. La jalousie, pensa-t-elle. C'était paradoxal de le repousser, et de ne pas supporter l'idée qu'il tombe amoureux d'une autre. Avait-il l'intention d'épouser Athéna et de légitimer son enfant ? A moins qu'il ne se soit lassé d'elle et l'ait plaquée depuis longtemps ?

A cause de la musique et du tumulte de ses pensées, elle avait de plus en plus de mal à réfléchir.

— Je ne sais pas…

— Fais-le, sinon je veillerai à ce que notre divorce ne soit pas prononcé avant des années, coupa-t-il d'une voix glaciale.

Elle se raidit. Il pensait chaque mot de cette menace, elle en était sûre, et il avait l'argent, le pouvoir et la cruauté de la mettre à exécution.

— Tu n'es qu'un salaud doublé d'un opportuniste ! marmonna-t-elle.

— C'est juste.

Quoi qu'elle dise, il avait le dessus. Les joues en feu, elle eut envie de frapper quelque chose avec violence, Dimitri de préférence. Elle tenait à ce divorce, afin de commencer une nouvelle vie…

Indécise, vulnérable, elle repoussa son assiette, incapable de toucher au bougatsa, son dessert préféré.

Tout conspirait à lui faire dire oui. La musique qui laminait ses émotions, la nourriture qui lui rendait ces goûts savoureux, enfin et surtout, ce splendide pays qui l'entourait.

Si elle était forcée de rester en Grèce pendant quelque temps, alors, elle devait l'admettre, séjourner dans la villa serait fabuleux, même si elle devait pour cela jouer l'épouse aimante. Le charme ancien de la demeure lui avait manqué, comme ses vues panoramiques sur le golfe de Saronique, son mobilier confortable et extrêmement raffiné à la fois.

Tous les jours, elle pourrait revisiter les endroits qu'elle aimait : la superbe citadelle de Nafplion, les plages dorées, les ruines majestueuses au sommet des collines. C'était un pays magique, avec des clairières silencieuses et des rivières cristallines, des chemins chargés d'histoire, des parfums enivrants de fleurs sauvages. Et la mer partout, tiède et tentante, « aussi profonde et bleue que tes yeux », avait murmuré un jour Dimitri.

Elle avait quitté ce paradis à cause de son infidélité. Pour deux semaines, il serait de nouveau à elle, et elle pourrait l'immortaliser sur sa pellicule et regarder ces photos avec bonheur plus tard, quand la blessure et l'émotion se seraient effacées. Serait-ce vraiment insurmontable de passer deux semaines à se pâmer d'admiration devant lui ?

— Viens.

Elle sursauta. La main de Dimitri était sur son bras et elle se leva, obéissante.

— Je pense que nous avons besoin d'une bonne tasse de café, murmura-t-il en la guidant vers le salon.

Sur le seuil, il donna quelques ordres en grec au serveur. La voix envoûtante de Maria Callas chantant la trahison de son amant dans *Madame Butterfly* emplissait la pièce, et les notes plaintives, montantes et pures, s'infiltrèrent dans le cœur blessé d'Olivia, lacérant ses émotions.

— Nous n'avons pas beaucoup de temps. As-tu pris une décision ? demanda Dimitri en la faisant pivoter vers lui.

Olivia détourna vivement les yeux. Mais elle ne put se prémunir contre son parfum viril qui l'envoûtait. Il était trop proche pour qu'elle se sentît à l'aise. A tout instant maintenant, elle allait lever son visage vers lui et réclamer un baiser. La panique l'assaillit. Pressée de s'écarter de lui, elle lâcha étourdiment :

— Oui. Je le ferai... Mais pour moi, pas pour te rendre service.

Il ébaucha un sourire qu'elle trouva irrésistible et elle eut l'impression de se noyer dans la profondeur de ses prunelles. Elle sut alors qu'elle venait de s'engager dans une aventure qu'elle serait incapable de mener à bien.

— Pour toi ?

Se concentrant sur le troisième bouton de sa chemise afin de garder son sang-froid, Olivia répondit d'une voix qu'elle espérait neutre :

— Pourquoi pas ? Je passerai des vacances agréables : un environnement luxueux, une voiture — j'insiste pour en avoir une — et l'occasion d'explorer les alentours.

— Je ne reculerai devant aucune dépense pour agrémenter ton séjour, déclara-t-il d'une voix traînante.

Ainsi, il ne s'était pas trompé. Elle se laissait acheter. Brusquement, la déception effaça le plaisir qu'il ressentait de l'avoir à sa merci.

— En retour, tu dois me donner ta parole que tu ne te désisteras pas. Je veux être sûr que mon plan a toutes les chances de réussir.

A cet instant, elle leva les yeux. Ils étaient du bleu le plus sombre, comme la mer au pied des grottes, à l'est du promontoire d'Olympos. Attirants, insondables...

— Jure que tu iras jusqu'au bout ! insista-t-il, plus durement qu'il n'aurait voulu.

— Je te le promets.

Avec hésitation, elle toucha sa paume pour sceller ce pacte, puis sa main tout entière glissa dans la sienne.

Ce n'était pas ce qu'il avait prévu — pas encore du moins — mais il l'attira dans le cercle de ses bras. Une petite voix l'avertit qu'il risquait de l'effrayer et de la faire fuir à ce stade décisif. Qu'à cela ne tienne, il était incapable de s'arracher à elle.

Dans un même élan, ils s'embrassèrent. Des baisers brûlants, frénétiques se succédèrent qui les marquaient au fer rouge. Ils s'agrippèrent l'un à l'autre de leurs mains possessives, et leurs corps se soudèrent dans une urgence désespérée. Force était de reconnaître qu'ils étaient avides de se toucher, de se caresser et de satisfaire une soif inextinguible…

Leur fougue mutuelle étonna Dimitri. Lui qui se targuait de savoir courtiser les femmes, de la délicatesse de son approche ! Ses sentiments déchaînés le dépassaient cette fois, l'empêchaient de réfléchir. Il était obsédé par cette bouche pulpeuse et divine sur la sienne, et par ce corps voluptueux qui se lovait contre lui comme s'ils avaient été faits l'un pour l'autre.

Ses lèvres rencontrèrent la douceur tiède de sa gorge et, grisée par cet assaut, Olivia rejeta la tête en arrière dans un gémissement de plaisir.

Bon sang ! Elle était si belle qu'il en avait mal. Lentement, il la força à reculer jusqu'à ce qu'elle heurte la cloison de bois. Puis il releva l'ourlet de sa jupe et, du bout des doigts, savoura la peau satinée de ses cuisses. Avec un léger frisson, Olivia remonta sa jambe et l'enroula autour de la taille de son compagnon. Maîtrisant à grand-peine son désir, il entreprit de soulever son T-shirt.

Elle leva les bras au-dessus de sa tête, s'offrant avec audace, l'invitant sans équivoque à prendre possession d'elle. Dimitri sentit son pouls rugir dans ses veines.

— Tu es incroyablement belle, murmura-t-il avant d'enfouir la tête dans ses seins parfumés, à peine retenus par leurs bonnets de dentelle qu'il caressa doucement.

Les yeux clos, il sentit à l'élan de ses hanches qu'elle s'arquait contre lui. Il répondit par une pluie de baisers fougueux et passionnés qui le laissèrent haletant. Et plus désireux que jamais de la faire sienne...

Elle faisait tout pour le provoquer. Presque brutalement, il lui arracha son slip et frémit quand elle poussa un soupir qui ressemblait à du soulagement. L'instant d'après, elle se fondit contre lui et lui mordilla l'épaule, pour enfouir sa langue dans la toison brune de son torse musclé...

C'était un plaisir à l'état pur. Pourtant, tandis qu'elle lui arrachait sa chemise, faisant voler les boutons en tous sens, il était conscient de désirer plus que cela.

La bouche d'Olivia sillonnait ses pectoraux, et ses dents qui le mordaient l'excitaient follement, mettaient son corps en transe. Avec une volupté insupportable, elle fit glisser ses cheveux sur lui, lui rappelant un autre temps. Celui où il s'imaginait naïvement qu'ils faisaient l'amour comme un couple qui s'adorait.

Bouleversé, il empoigna ses mèches dorées et lui releva la tête. Leurs yeux étaient pareillement enflammés, noir de jais contre saphir pur. Alors, quelque chose se rompit à l'intérieur de lui-même. Son cœur, ses nerfs ou ses derniers liens avec la réalité, il ne savait.

C'était de la folie, songea Olivia, mais il était trop tard pour revenir en arrière. Toutes ses résolutions avaient été balayées dès l'instant où il l'avait prise dans ses bras. Il y avait une telle joie dans son cœur à présent qu'il la contemplait et la touchait qu'elle comprit avec une lucidité presque effrayante qu'elle l'aimait encore et l'aimerait toujours. Comme un animal affamé, elle avait désespérément besoin de lui pour vivre.

Se débattant entre désarroi et désir, elle s'acharna sur son soutien-gorge, pleurant presque de rage quand les attaches refusèrent de céder. Dimitri glissa ses mains dans son dos et le lui arracha. Il lui caressa les seins avec dextérité, les laissant durcir sous ses mains avant d'en agacer la pointe de ses lèvres brûlantes et de les laisser frôler son torse. Olivia se mit à onduler légèrement, effleurant ses muscles tendus, ravie d'entendre sa respiration saccadée.

Ils feraient l'amour. Les sentiments qu'ils avaient eus l'un pour l'autre renaissaient. Oui, ce serait comme avant, songea-t-elle rêveusement.

Les doigts de Dimitri allaient et venaient entre ses cuisses, rythmant des caresses délicieuses, excitantes, enfin intolérables. A son tour, elle avança une main vers son ventre avant de descendre lentement… Quand ses doigts se refermèrent sur sa virilité brûlante, le gémissement de Dimitri fit écho au sien. Puis brusquement, il écarta sa main d'un geste impatient et la pénétra d'un élan brusque, avec une urgence qui lui coupa le souffle.

Cela n'avait jamais été ainsi. Aussi débridé, aussi… insatiable. Nouant ses bras autour de son cou, Olivia enfouit son visage dans son épaule, le sentant en elle, s'émerveillant de l'extase mêlée de désespoir qui lui emplissait le cœur.

Leurs bouches s'unirent, leurs langues s'affrontèrent, tandis qu'au fond d'elle-même, le souvenir des années de frustration et de colère remontait à la surface. Elle cria, l'appela, l'entendit murmurer son nom d'une voix rauque. La cadence de Dimitri qui s'accélérait jusqu'à devenir frénétique effaça le passé et la ramena au présent.

Haletante, elle accueillit les vagues montantes du plaisir attisé par les caresses diaboliques de Dimitri. Au moment suprême, elle eut l'impression de planer, avant de renaître au plaisir encore et encore. Puis ils roulèrent sur l'épais tapis, passionnément enlacés, et connurent dans un même cri l'extase vertigineuse.

Lentement, le vertige s'estompa et le calme descendit en elle. Languissante mais rayonnante du plaisir qu'ils venaient de partager, elle resta étendue, les yeux clos, entre les bras de

Dimitri, songeant à leur amour renaissant. Elle était sûre qu'il l'aimait. Il avait été si ardent… Et elle avait reconnu les mots doux qu'il avait murmurés, en grec, et qui évoquaient une adoration…

Il roula sur le côté en soupirant longuement. L'entendant se lever, elle sourit et s'étira paresseusement, comme une chatte, avec la conviction d'être profondément aimée. Puis, presque à contrecœur, elle ouvrit les yeux.

Quel choc !… Loin de lui sourire tendrement, comme elle se l'était imaginé, Dimitri se dirigeait vers la porte. Olivia sentit son sang se glacer dans ses veines.

— Dimitri ? murmura-t-elle en sentant une sourde panique la gagner.

Il s'arrêta net.

— Je ne m'attendais pas à ce que tu joues les épouses énamourées avec autant d'enthousiasme, marmonna-t-il d'une voix rude.

Elle eut l'impression de recevoir une gifle ! Mais elle sut maîtriser son désarroi. Jamais il ne devait connaître ses sentiments, décréta-t-elle.

— J'ai toujours observé une attitude saine par rapport au sexe, lança-t-elle avec insouciance.

— C'est peut-être pour cette raison qu'il est si réjouissant avec toi. Pas d'attaches. Le rêve de tout homme, en somme. Va prendre une douche. Tu connais le chemin.

Sur ces mots, il claqua la porte derrière lui.

Longtemps, ce bruit résonna en elle, effrayant de dureté.

4.

Olivia se sentait glacée, en dépit des rayons du soleil qui entraient à flots par les baies vitrées et miroitaient sur sa nudité. Tremblant de façon incontrôlable, elle se mit à ramasser ses vêtements, échoués lamentablement sur le sol.

Elle vacilla, encore sous le choc de leurs ébats torrides. Puis elle prit conscience que le yacht avançait et que la côte n'était plus en vue.

Peu à peu, elle recouvrait ses esprits. La musique avait dû couvrir le bruit des machines, et elle avait été trop submergée par la merveilleuse sensation d'être aimée de nouveau pour remarquer les mouvements du bateau...

Aimée ? Quelle blague ! Dimitri ne s'intéressait pas à elle. Il avait seulement utilisé sa tactique habituelle pour séduire les femmes. Par naïveté, elle avait sublimé ses instincts, quand il n'avait recherché que son propre plaisir. Il avait dû rire de son abandon. Comment pourrait-elle se regarder dans une glace après cela ?

Tenant ses vêtements serrés contre elle, elle se dirigea vers la salle de bains. Longtemps, elle resta sous la douche, se savonnant avec vigueur comme pour se punir, et laissant le jet implacable ruisseler sur sa peau brûlante.

— Olivia !

Elle pesta intérieurement en entendant l'appel de Dimitri. Elle n'était certainement pas en état de le recevoir ! Il ne devait pas la voir ainsi, vulnérable et humiliée.

— Laisse-moi seule ! cria-t-elle, en ouvrant à fond le robinet pour ne plus entendre ses coups dans la porte.

Peine perdue. Celle-ci s'ouvrit et Dimitri entra, en ajustant la serviette qui lui ceignait la taille.

— Que veux-tu ? Ça ne peut pas attendre que je sois habillée ? demanda-t-elle sèchement.

Des gouttelettes argentées tombaient de ses cheveux qu'il lissa d'une main impatiente. Il était magnifique, dans sa semi-nudité. Ses yeux étaient d'un noir de jais, très durs, mais le pli de sa bouche, le soulèvement de son torse et de ses épaules suggéraient qu'il luttait pour maîtriser des émotions impétueuses. Triomphe, mépris, dégoût… ?

Evitant son regard déroutant, elle ferma le robinet et attrapa une serviette qu'elle noua fermement autour d'elle.

— Je tiens à te dire que rien n'a changé. Tu es tenue par ta promesse, annonça-t-il, une lueur dangereuse au fond des yeux. Avec ou sans le sexe.

Elle ébaucha un haussement d'épaules désinvolte comme si leur épisode sexuel n'avait été qu'une faiblesse qu'elle s'était autorisée.

— Je ne crois pas tenir à répéter l'expérience.

— Aucune importance. C'est ta promesse qui m'intéresse. Alors ?

Olivia fut secouée d'un long frisson. Deux semaines… Oui, elle pourrait endurer ce délai, parce que ce qu'elle éprouvait pour lui n'était que de l'obsession. Rien de profond ni de moral. Rien qui ressemblât à de l'amour. Elle se repaîtrait de cet homme jusqu'à en être dégoûtée. Et qui sait ? Si l'éloignement ne l'avait pas guérie de lui, cette méthode-là fonctionnerait peut-être.

Consciente qu'il guettait sa réponse, elle déclara d'un ton léger :

— Très bien. Je ne reviendrai pas sur ma parole.

— Moi non plus.

Sa voix profonde, vibrante, fit courir un nouveau frisson sur sa peau. Dans le silence qui suivit, il avança d'un pas et elle sentit son cœur cogner dans sa poitrine.

A cet instant, le bateau fit une embardée. Perdant l'équilibre, Olivia tomba directement entre ses bras. Comme elle tentait vivement de se dégager, il la retint fermement et, au bout d'un instant, elle sentit sa chair fondre sous son emprise. Son corps réagissait de lui-même à ce contact — mais pas ses émotions !

— You-ouh ! cria une voix sur le pont. *Ti yinete ?*

Dimitri se raidit. Olivia écarquilla les yeux en entendant des bruits de pas.

— Nous avons accosté, expliqua-t-il.

— Mais qui… ?

— *Pedhi mou…*

Olivia reconnut alors cette voix qui ronronnait l'équivalent de « mon garçon ». La mère de Dimitri, essoufflée et joyeuse, était arrivée sur le seuil de la salle de bains. La gorge sèche, Olivia pivota pour lui faire face et le plaisir de Marina vira au choc.

— *Vous ?* glapit-elle.

Très raide, ses pieds nus s'enfonçant dans l'épais tapis, Olivia s'empourpra.

— Oui. Moi. Vous me preniez pour quelqu'un d'autre ? Qui pensiez-vous trouver ?

Car Marina n'avait pas paru, de prime abord, surprise de voir son fils serrer contre lui une blonde à moitié nue. Peut-être la relation entre Dimitri et Eleni allait-elle plus loin qu'il avait bien voulu le dire.

— Eleni ! Je… Je pensais que c'était elle ! balbutia Marina, confirmant ses soupçons.

Olivia serra les dents. Dimitri avait dû faire d'Eleni sa maîtresse, mais refusait d'aller jusqu'au mariage avec elle. Quel salaud !

— Elle est allée rejoindre son père, expliqua-t-il à cet instant. Bonjour, Maman. Désolé si nous t'avons embarrassée. Nous n'attendions pas de visiteur impromptu.

Sa mère dut percevoir le reproche sous le ton affectueux, car son corps maigre se raidit.

— Que se passe-t-il ? Pourquoi est-elle ici… ?

— C'est au sujet du divorce, dit-il d'une voix apaisante. Je te donnerai les détails à la maison. Olivia, si tu allais t'habiller ? Tu sais où sont les chambres.

Sur quoi, il lui donna une tape coquine sur les fesses. Comme elle faisait volte-face avec l'intention de répliquer vertement, il lui posa un doigt sur les lèvres et son regard lui envoya un avertissement.

— Souviens-toi de ta promesse, souffla-t-il à son oreille. Et laisse-moi juger de ce qu'il faut dire à ma mère, et à quel moment.

Elle l'observa d'un œil soupçonneux. Avait-il orchestré cette entrée en scène de Marina pour qu'elle les surprenne avant qu'ils n'aient eu le temps de se rhabiller ?

Tandis que leurs regards s'affrontaient, elle eut une idée qui l'exalta. Il voulait une femme qui l'adore ? Eh bien, il allait être servi ! Son corps serait son arme et elle ne se priverait pas de l'utiliser.

Langoureusement, elle noua ses bras autour de son cou et l'embrassa sur les lèvres.

— Tout ce que tu voudras… *chéri,* murmura-t-elle, ravie de le voir frémir.

— Dimitri ! s'écria Marina, alarmée.

— Ne t'inquiète pas. Elle est maline, mais je sais ce que je fais.

Avec un sourire aussi chaleureux qu'éblouissant, Olivia fit face à celle qui avait précipité la fin de son mariage. Sa belle-mère semblait prise de panique.

— Veuillez m'excuser, je vais sécher mes cheveux et m'habiller, déclara-t-elle aimablement. A tout à l'heure, chéri.

Et avec une audace maîtrisée, elle tapota le postérieur de Dimitri et passa devant sa belle-mère hérissée.

Dimitri suivit des yeux son corps sinueux, terriblement appétissant. Elle avait les fesses les plus désirables qu'il eût jamais vues, un dos parfait, une peau satinée.

Tout son être palpitait des souvenirs de leur plaisir charnel. Avec quel art elle avait nourri sa passion ! Elle avait même failli le toucher émotionnellement, mais il s'était souvenu à temps qu'elle s'était moquée de lui… et le faisait encore. Jamais il ne ferait confiance à une femme capable de jouer les vamps de façon si convaincante.

— Elle essaie de te reconquérir ! déclara sa mère d'une voix angoissée.

Il lui sourit d'un air rassurant. Puis, étreignant ses épaules maigres, il l'embrassa sur la joue.

— Tu n'as pas de souci à te faire, je t'assure. Tout s'arrangera. Nous en parlerons tout à l'heure à la maison.

— Nous n'aurons pas le temps ! J'ai préparé une fête pour toi, ce soir. Tout est organisé, dit-elle d'une voix faible. Pour célébrer ton prochain divorce. Tu seras là, n'est-ce pas ?

Dimitri tomba des nues, mais il ne pouvait l'humilier en lui demandant d'annuler cette réception.

— Bien sûr, répondit-il en lui prenant la main. Merci.

Même dans sa robe blanche, création d'un grand couturier, et coiffée et maquillée avec soin, sa mère paraissait peu sûre d'elle. Comme si elle n'avait jamais été à l'aise avec l'argent. Peut-être aurait-elle préféré rester la femme d'un berger pauvre.

Son père, en revanche, s'était adapté à cette nouvelle vie, travaillant pour faire de son affaire l'empire immobilier de dimension internationale qu'elle était devenue. Petit à petit, Marina s'était dissimulée derrière un masque fier et froid. Dimitri voulait retrouver la mère tendre et rieuse de son enfance. Elle était toujours là, il le savait.

Il lui baisa la main affectueusement et se glissa dans la luxueuse cabine pour s'habiller.

Quand Olivia émergea vingt minutes plus tard, dans le soleil brûlant de l'après-midi, elle constata qu'ils avaient accosté dans le petit port d'Olympos. Dimitri était appuyé au bastingage, observant le village endormi.

— Ta mère est partie ? demanda-t-elle en le rejoignant.

— Elle est rentrée à la maison.

— Que lui as-tu dit ?

— Que tu séjournerais chez nous pour garder nos discussions aussi privées que possible.

— Comment l'a-t-elle pris ?

— Mal. Elle craint que je ne te trouve irrésistible, répondit-il d'une voix traînante.

— Cela t'arrivera peut-être, murmura-t-elle en battant exagérément des cils.

Il la couva d'un regard caressant et elle s'abandonna un instant à la volupté délicieuse qui s'emparait de son corps.

— Je pense que nous apprécierons tous deux ce petit jeu. Tu sais que ça n'est que cela, n'est-ce pas ?

Olivia laissa échapper une exclamation irritée.

— Je tiens par-dessus tout à me débarrasser de toi, dit-elle avec ferveur.

Pour être libre d'aimer de nouveau, pour ne plus être hantée constamment par lui jusque dans ses rêves...

— Olivia...

Curieusement, il parut chercher ses mots.

— Je ne tiens pas à annoncer immédiatement que nous sommes de nouveau ensemble. Je veux que ma mère voie par elle-même ce qui se passe entre nous et l'accepte comme une évidence.

— Jamais elle ne le fera ! Aucune chance !

Il fronça les sourcils.

— Tu as tort. Elle le fera si elle pense que c'est ce que je veux. Elle a bien fini par accepter mon mariage…

— C'est faux !

— Je sais ce que tu penses d'elle. Tu me l'as assez dit…

— Tout ce que j'ai dit était vrai, insista-t-elle. Mais tu ne me croyais jamais, parce qu'elle me réservait ses remarques acides quand tu étais absent. Elle me minait en douce…

Il l'arrêta d'un geste impatient.

— Je ne vais pas me prononcer sur de vieilles histoires, rétorqua-t-il sèchement. Ce qui m'importe, c'est de ne pas la blesser. Elle a perçu le courant sensuel entre nous, mais nos retrouvailles sont supposées être davantage que cela. Nous devons convaincre tout le monde que nous sommes tombés amoureux. Tu saisis ?

— Cinq sur cinq ! Ça vaut la peine d'essayer. Ma compensation, c'est d'être ici, murmura-t-elle en admirant le paysage avec un soupir de plaisir.

Il n'y avait rien de comparable au monde. Sur le quai, des pêcheurs réparaient leurs filets colorés. Sur la plage, un peu plus loin, des enfants jouaient et leurs rires joyeux parvenaient jusqu'à elle…

Dimitri les observait aussi, et une expression chagrine traversait ses traits. Olivia sentit une douleur s'infiltrer dans son cœur. C'eût été magnifique d'avoir des enfants à adorer, des petits aux yeux bruns, aux cheveux noirs, forts et vigoureux comme lui…

Avec impatience, elle chassa sa rêverie futile, se demandant tristement s'il voyait encore Athéna et son enfant. Mais elle n'eut pas le courage de lui poser la question et les mots restèrent dans son cœur comme une pierre glacée.

— Si nous y allions ? suggéra-t-elle d'une voix dure pour masquer son tourment. J'ai hâte de revoir ta villa et de nager dans la piscine.

— Je ne te refuserai pas ce luxe.

Ensemble, ils se dirigèrent vers la passerelle.

— Autant que je te prévienne tout de suite, reprit Dimitri. Ma mère a organisé une fête pour célébrer mon futur divorce.

— Elle ne perd pas de temps ! marmonna-t-elle. Je resterai dans ma chambre.

— Je tiens à ce que tu sois là.

— Moi, ta femme en fuite ? Les gens vont trouver ça bizarre, non ?

— Très civilisé, au contraire. Cette réception publique tombe à point nommé. J'ai l'intuition qu'Eleni sera là.

Olivia ébaucha une grimace.

— Jusqu'où devrons-nous aller ?

— Des regards prolongés, quelques slows langoureux, se toucher un peu trop… Ce genre de choses.

Un programme abordable, pensa-t-elle. Même si la plupart du temps, elle ne simulerait pas…

— Très bien, acquiesça-t-elle d'un ton dégagé.

— Ce rôle ne te pose pas de problème ? s'enquit-il, surpris qu'elle accepte d'avance ce semblant d'intimité entre eux sans succomber à son charme.

— Juste un, répondit-elle avec un sourire désarmant. Je n'ai rien à me mettre !

Il se mit à rire et une lueur de défi dansa dans ses yeux.

— Si seulement mes problèmes étaient aussi insignifiants ! Sache que tous les vêtements que tu as laissés sont encore dans tes placards.

— Vraiment ? J'étais persuadée que tu les avais jetés depuis longtemps, s'étonna-t-elle.

— La chambre a été fermée le jour où tu es partie. Viens, descendons sur le quai.

Olivia entendait les accents joyeux de la musique, tandis qu'elle essayait des robes les unes après les autres, en proie à la nervosité et à une totale indécision.

Par la fenêtre, elle regarda les abords de la piscine, où la fête allait avoir lieu. Des serveurs circulaient d'un air important au milieu des statues et des vasques du parc, en portant des plateaux jusqu'à la longue table du buffet. Un petit orchestre enchaînait airs populaires et ballades sentimentales, et un soliste chantait d'une belle voix grave.

Marina allait en tous sens, sa fine silhouette resplendissante dans une robe longue scintillante qui avait dû coûter une fortune à Dimitri.

Les invités commençaient à arriver. Elégants et sûrs d'eux-mêmes, ils déambulaient autour du bassin, admirant les plantes exotiques et les statues doucement éclairées.

La nervosité d'Olivia s'accrut. Elle fixa les vêtements en tas sur le couvre-lit de soie, ne sachant si elle devait s'habiller en épouse sage ou — comme ses instincts le lui commandaient — en tentatrice flamboyante, afin de mettre Eleni hors d'état de nuire. Ce serait également amusant d'en mettre plein la vue à Dimitri !

— Enfin prête ?

Elle se retourna et demeura interloquée en voyant son futur ex-époux. Son regard fiévreux remontait le long de ses jambes gainées de soie jusqu'à son porte-jarretelles en dentelle noire. Il s'attarda sur son string, puis porta son attention plus haut sur son soutien-gorge.

— Bravo pour cette fantastique déduction ! s'exclama-t-elle. Il ne t'arrive jamais de frapper ?

64

— Je suis chez moi.

— Mais je ne t'appartiens pas ! se rebiffa-t-elle.

— Justement si, tu es toujours ma femme.

Olivia baissait les yeux — un seul coup d'œil et son cœur risquait de s'emballer. La veste qu'il portait moulait si parfaitement son torse qu'elle avait envie de poser ses paumes sur ses pectoraux. Son visage rasé de près semblait inviter ses caresses et ses baisers. Déjà, elle aurait voulu être dans ses bras. Et ils n'avaient même pas commencé leur petit jeu !

— C'est une chambre privée. Je pourrais te lancer des trucs à la tête, tu l'as dit, marmonna-t-elle en contemplant une figurine de marbre d'un air menaçant.

— Lance ce que tu voudras, dit-il obligeamment. Mais il faut qu'on me voie entrer librement dans ta chambre. Ça fera jaser.

— Oh ! Ça, j'imagine, ironisa-t-elle avant de s'emparer au hasard d'une robe sur le lit.

— Pas celle-là.

Il s'approcha et choisit le fourreau rouge vif qu'elle avait caressé avec envie et rejeté sans même l'avoir essayé.

— Celle-ci.

C'était sa robe préférée — et celle de Dimitri. Mais elle n'avait pas osé mettre quelque chose d'aussi voyant. Elle plissa le nez d'un air dubitatif.

— Ça ne fait pas un peu trop aguichant ?

— Si, justement. C'est une tenue sensationnelle. Tous les yeux seront rivés sur toi et personne ne sera surpris que je passe la majeure partie de la soirée à ton côté.

— Tu ne crains pas qu'Eleni et son père soient offensés ?

— En dehors d'eux, tout le monde souhaitera que nous sauvions notre mariage. Les gens sont sentimentaux au fond. Mon associé ne pourra pas désapprouver ouvertement : le mariage est si important, si sacré.

Sacré ! Olivia sentit sa lèvre inférieure trembler. Si c'était vrai, pourquoi l'avait-il détruit ?

— Mais ta mère va être dans tous ses états !

— Pas en public. Elle se consolera en songeant que la famille évitera ainsi la honte d'un divorce.

— Jusqu'à ce que tu lui révèles la vérité et que nous en finissions vraiment avec ce mariage, lui rappela-t-elle.

Il sourit avec une suffisance insupportable.

— J'arriverai facilement à la persuader que le divorce est la seule issue possible.

— Oh ! J'en suis sûre. Deux semaines, et nous serons enfin libres.

— Si nous tentions dès maintenant de la gagner, cette liberté ? murmura-t-il en l'encourageant à passer la robe.

— Je ne l'ai portée qu'une seule fois, fit-elle remarquer, hésitante.

— A New York, évoqua-t-il d'une voix étouffée, en fixant les lèvres entrouvertes d'Olivia. Au bal Starlight. Tu éclipsais toutes les célébrités. On ne parlait que de toi et je me sentais un géant, de t'avoir à mon bras.

Olivia baissa les yeux pour cacher sa tristesse. Elle n'avait été qu'un accessoire à sa fierté. Fantastique au lit, qui plus est !

Cette pensée la décida. Elle porterait la robe et lui montrerait ce qu'il avait perdu. Une femme superbe qui l'avait aimé plus qu'elle-même, qui lui aurait donné des enfants à chérir, si seulement il n'avait pas eu besoin de séduire toutes les femmes de la Terre.

Lentement, elle enfila le fourreau. Il épousait ses courbes de manière flatteuse. Sous le prétexte de lisser des plis imaginaires, les mains de Dimitri s'arrondirent sur le renflement de ses hanches, avant de se porter vers sa taille mince et attirante. Il pouvait à peine respirer.

Elle lui tourna le dos et il remonta la courte fermeture Eclair. Ses doigts frôlèrent ses fesses exquises. Quand il ferma le crochet à la base du dos nu, il se sentit maladroit comme un adolescent.

— Voyons le résultat, fit-il entendre d'une voix sourde.

Olivia pivota pour lui faire face. Il essaya de la toiser d'un œil objectif, sans y parvenir. Ses mâchoires s'étaient contractées. Comme d'habitude, son corps échappait à son contrôle, lui faisant oublier qu'il avait un cerveau pour décider.

Consciente de son regard, Olivia inspira longuement, ce qui eut pour effet de gonfler ses seins hauts et généreux par-dessus son décolleté.

N'y tenant plus, Dimitri plongea la tête et les sillonna de ses lèvres expertes, tandis que ses mains agrippaient ses fesses voluptueuses.

Elle laissa échapper un petit halètement, puis la bouche de Dimitri bâillonna la sienne d'un baiser brûlant. Il la renversa en arrière, se délectant de sa complaisance et du bruissement sensuel de la soie sur son corps sinueux. Consciente de son pouvoir, Olivia leva très haut un genou entre les jambes de son compagnon. Dimitri gémit et redoubla d'ardeur en caressant la courbe de sa mâchoire et sa gorge palpitante.

Sous ses doigts virils, Olivia s'arqua et l'attira à elle avec une urgence délicieuse.

— Dimitri !

Cet appel le ramena à la raison. Il se redressa, une lueur railleuse au fond des yeux pour mieux masquer son désir.

— N'est-ce pas une preuve suffisante ? Ta robe m'embrase tout entier, commenta-t-il d'une voix retenue. Tout homme se demandera ce soir pourquoi je ne t'emporte pas sur mon épaule pour t'enlever. Personne ne me blâmera de te désirer.

— Tes invités sont des gens bien superficiels ! répondit-elle sèchement.

Il remarqua que son mamelon gauche était découvert et il voulut le couvrir de ses lèvres et le mordiller jusqu'à ce qu'elle le suppliât d'arrêter. Mais elle remit en place le fourreau de soie rouge et le moment fut perdu. Elle avait intercepté son regard, cependant.

— Je ne suis qu'un corps pour toi, n'est-ce pas ? lança-t-elle en s'agitant. Personne ne se soucie de savoir si j'ai une cervelle…

— Moi si… Autrefois. Prête maintenant ?

— Presque.

Se tournant vers la fenêtre, il fixa la nuit de velours et inhala des parfums puissants. Il avait besoin de se calmer. Ce soir, il devait surmonter son désir sauvage et retrouver les gestes et les regards pleins d'amour, oubliés depuis longtemps. Il savait que frapper ainsi à la porte de ses émotions était dangereux. Olivia l'avait tant blessé qu'il avait fait le vœu de ne plus jamais laisser une femme pénétrer son cœur.

Il l'entendit manipuler des bijoux derrière lui. Peut-être avait-elle choisi le collier de rubis qu'elle avait laissé dans le coffre et qu'il avait replacé sur la coiffeuse un peu plus tôt, parmi d'autres qui avaient échappé à ses mains avides.

— Dimitri ?

— Quoi ? répondit-il sèchement pour se prémunir contre la douceur de sa voix.

Olivia déglutit. Ses nerfs étaient en miettes et il lui criait dessus !

— J'ai besoin de ton avis, réussit-elle à articuler.

Avec un soupir irrité, il lui fit face. Son expression coléreuse s'évanouit un instant, et elle surprit une lueur fugitive d'admiration dans son regard.

— Tu es convenable.

— Oh ! Merci ! marmonna-t-elle en replaçant la brosse à cheveux avec fracas.

68

Il posa ses mains sur ses épaules. Ses paumes étaient brûlantes, constata-t-elle. Dans le miroir, elle vit son visage hâlé, énigmatique, tout près du sien.

— Tu es merveilleuse et tu sens délicieusement bon. Combien de compliments veux-tu encore ? lança-t-il d'une voix grinçante.

Olivia pesta intérieurement. L'air boudeur, elle répondit :

— Je voulais juste savoir si les rubis étaient bien en place…

— Ils le sont. Il est temps d'y aller.

Elle aurait voulu l'étrangler ! Mais elle décida de prendre sa revanche autrement. D'un mouvement gracieux, elle se leva et souleva la jupe étroite pour exposer une généreuse longueur de jambes. Ravie d'entendre la respiration saccadée de son compagnon, elle enfila lentement une paire d'escarpins avant de laisser retomber la robe sur ses chevilles dans un bruissement de soie.

— Je suis prête, annonça-t-elle avec un sourire espiègle.

— Je descends le premier, maugréa-t-il. Tu suivras dans dix minutes.

— Mais…

— Nous ne pouvons pas arriver ensemble. Il faut que tu fasses une entrée remarquée. Et je suis sûr qu'elle le sera.

Son regard la déshabilla littéralement et le désir qu'elle lut dans ses yeux lui contracta la poitrine.

— Nous quitterons la fête ensemble, cependant, poursuivit-il. Et nous passerons une nuit mémorable. Tu te soumettras à moi comme jamais auparavant. Et je te comblerai jusqu'à ce que tu te demandes s'il est possible de mourir de plaisir.

Ses yeux sombres brûlèrent les siens.

— Garde ça en tête tout au long de la soirée, Olivia. Penses-y, désire-le de toutes tes forces !

Sur quoi, il disparut avant qu'elle ait pu reprendre sa respiration.

5.

Les mains agrippées à l'appui de la fenêtre, Olivia regarda Dimitri descendre la volée de marches qui menait aux abords de la piscine.

Toutes les conversations cessèrent d'un coup. Les femmes se tournèrent vers lui et les hommes lui jetèrent des regards chargés d'envie. Il adressa un sourire à la cantonade et commença à circuler parmi les invités, jouant l'hôte parfait, aussi éblouissant qu'il avait été autrefois, quand ils avaient organisé des réceptions ici même.

Elle vit Eleni se diriger d'un pas déterminé vers lui, bousculant presque les gens sur son passage. Dimitri chancela sous l'élan enthousiaste de la jeune fille, puis recula d'un pas, de sorte que l'étreinte fougueuse d'Eleni se relâcha quelque peu.

« Cette fois, ça suffit ! », s'emporta Olivia. Cette gamine le tripotait à présent sous prétexte d'admirer sa veste. C'était intolérable…

Mais son rôle était de *jouer* la chère et tendre épouse, non de l'être vraiment, se souvint-elle. Les mots qu'il avait lancés en partant avaient fait partie de ce jeu qu'il entendait mener. Toutefois, il n'oublierait pas de sitôt cette soirée, se promit-elle.

Comme elle avisait son reflet dans le miroir, sa belle assurance s'effrita. Athéna serait-elle là… avec l'enfant de Dimitri ? Oh, non, elle ne le supporterait pas. Mais Marina ne l'avait certainement invitée. Etait-elle seulement toujours présente dans la vie de Dimitri ?

Des rires lui parvinrent d'en bas et elle tressaillit. « Du cran », s'intima-t-elle. « Amuse-toi à rendre ce type malade de désir ». Et plus vite Eleni saurait qu'elle ne serait jamais la seconde Madame Angelaki, plus vite elle, Olivia, échapperait aux griffes de son mari.

Avec audace, elle ramena ses cheveux ondulés sur son front, en une mèche insolente, et prit une moue boudeuse. Satisfaite du résultat, elle sortit de la chambre, tête haute.

La descente vers la terrasse lui parut interminable. Prudemment, elle tâtait chaque degré du pied. Le corps douloureusement crispé, elle observait la foule devenue silencieuse. A son grand soulagement, Dimitri se matérialisa au pied des marches, la main tendue. Du coin de l'œil, elle repéra Eleni qui fixait la scène avec des yeux ébahis.

— Olivia, dit-il d'un ton assuré avant de l'embrasser sur les deux joues. Bienvenue.

— Bonsoir, chéri, ronronna-t-elle en nouant ses bras autour de son cou. Quelle charmante fête ! Je sens que je vais m'amuser.

Une lueur pétillante de malice dansa dans les yeux de son mari. Avec élégance, il desserra les mains d'Olivia croisées sur sa nuque. Nul doute que ce geste lui venait d'une longue pratique et qu'il en usait pour se défaire des femmes dont il se lassait !

— Viens saluer ma mère, suggéra-t-il, en la conduisant inexorablement vers la silhouette rigide de Marina.

Olivia déglutit et plaqua sur ses lèvres un sourire de commande, avant d'embrasser docilement les joues froides et poudrées de sa belle-mère.

— Bonsoir, Marina, dit-elle en maîtrisant sa voix.

Marina tremblait ; Olivia eut presque pitié d'elle. Dimitri les mettait toutes les deux dans une situation intenable.

71

— Vous avez organisé cette fête avec goût et efficacité comme à votre habitude, déclara-t-elle avec sincérité. C'est splendide, et l'éclairage est tout simplement magique.

Ce disant, elle admira les photophores qui illuminaient la scène de manière subtile et donnaient au jardin un air mystérieux et attirant.

— Je… Je ne pensais pas que vous oseriez venir, glapit sa belle-mère.

— C'est Dimitri qui a insisté, répondit Olivia en souriant.

— Je ne pouvais pas la laisser dans sa chambre pendant que nous nous amusions ici. Cela aurait été contraire à mon sens de l'hospitalité, se défendit-il. Je suis sûr que tout le monde pensera que tu es extrêmement tolérante, mère, et on applaudira ton esprit généreux.

Sa mère s'agita, un peu gênée par ces compliments.

— Ça n'a pas d'importance puisque Eleni est là, dit-elle à l'intention d'Olivia. Dimitri et elle sont très proches depuis plusieurs mois.

— Vous voulez dire qu'ils sont amants ?

Le caractère direct de cette remarque fit sursauter la mère et le fils.

— Oh ! Je ne peux savoir ces choses-là ! assura cette dernière. Mais mon fils est un homme, et comme tel, il a des besoins…

— Mère ! s'exclama Dimitri, choqué, en serrant la main d'Olivia pour l'empêcher de pouffer — tout en contrôlant difficilement sa propre envie de rire. Nous ne voulons pas te retenir ; tes invités t'attendent. Je pense que nous devrions aussi aller à leur rencontre. Si tu veux bien nous excuser.

— Des besoins ! murmura Olivia d'un ton acerbe, dès qu'ils se furent éloignés. Autrement dit, elle te donne carte blanche !

Dimitri esquissa un sourire.

— Je fais ce que je veux de toute façon.

— Pas étonnant que tu te prennes pour le nombril du monde !

— Ne fronce pas les sourcils ou on va penser que nous avons une dispute. Prends un sourire angélique et adore-moi.

— Je ferai *semblant* de t'adorer ! corrigea-t-elle en battant des cils avec une telle ardeur que Dimitri partit d'un grand éclat de rire.

— Quelle nuit nous allons passer ! lança-t-il joyeusement.

— *Soirée*, souligna-t-elle. Car Cendrillon quitte le bal à minuit et le prince charmant sera changé en horrible rat.

— Oh non, les fées ne le permettraient pas, murmura-t-il, amusé. Le prince charmant est toujours le héros…

— Pas de mon point de vue. Tu as tout du charognard au cœur froid, qui se repaît de chair féminine…

— Cendrillon ! l'apostropha-t-il en riant. Nous continuerons cette conversation au lit.

— Certainement pas !…

Mais déjà il saluait ses amis et Olivia fut obligée de tenir sa langue.

— Ma chérie, tu connais plusieurs personnes ici. Mais pas mes plus récentes relations d'affaires. Ma femme, Olivia.

Elle sourit un peu nerveusement.

— Elle est ici pour que nous puissions régler notre divorce, précisa-t-il.

Il y eut d'abord un silence embarrassé, puis chacun se présenta. L'aisance de Dimitri détendit l'atmosphère. Serrant une flûte de champagne, Olivia se laissa manœuvrer d'un groupe à l'autre. Dans les conversations, ils ne manquaient pas de parler avec enthousiasme de leurs projets respectifs, tout en s'adressant des regards affectueux, auxquels Olivia ajoutait quelques battements de cils.

Elle prit conscience que la main de Dimitri s'attardait sur son dos nu, ou qu'il l'attirait contre lui. Parfois il semblait à court de mots et la regardait comme hypnotisé. Alors, elle tournait vers lui des yeux remplis d'admiration et de messages muets. Bientôt, elle se mit à flirter outrageusement, lui rappelant leur passé heureux. C'était comme autrefois et c'était douloureux, mais le jeu en valait la chandelle, se répétait-elle. Et bien qu'il parût rire de son esprit et de ses taquineries avec ses amis, elle nota à plusieurs reprises dans son regard comme un avertissement. Ce qui la poussait à le défier davantage.

— Tu as déjà rencontré mon associé Nikos Kaloyirou, murmura-t-il à cet instant.

Olivia redevint aussitôt sérieuse. C'était le père d'Eleni, un homme d'âge mûr distingué, aux cheveux gris et aux traits avenants. Son regard respirait l'intelligence.

— Oui, répondit-elle avec chaleur, tandis que Nikos lui prenait la main et la baisait galamment. Vous êtes venu à Londres lorsque j'étais la secrétaire de Dimitri. Et bien sûr, vous avez assisté à notre mariage, avec votre fille. Mais après cela, nos chemins ne se sont plus croisés.

Nikos acquiesça aimablement.

— Vous savez sans doute que je suis parti avec Eleni pour m'occuper de la branche new-yorkaise de notre affaire. Et nous passons la plupart de notre temps là-bas.

Il leva son verre comme pour porter un toast.

— Je me souviens de votre gentillesse, à Londres. Vous emmeniez ma chère Eleni faire les magasins…

Elle avait oublié ça. La gamine avait été impossible : gâtée et irritable. Olivia n'avait jamais vu une adolescente de quinze ans aussi pénible !

Pendant cet échange, Dimitri avait gardé un visage souriant, mais la jeune femme devinait qu'il était mal à l'aise. Elle regrettait aussi de tromper Nikos Kaloyirou, qui semblait si honnête et sympathique. Elle était sur le point de s'éloigner sur une excuse quelconque, quand la voix coléreuse d'Eleni les fit tous se retourner. Apparemment, la jeune fille réprimandait vertement un serveur. Dimitri fronça les sourcils et s'écartait déjà quand Nikos l'arrêta d'une main.

— Ma chère fille a des humeurs volcaniques, dit-il affectueusement. Mais elle est adorable.

— J'en suis sûr.

Nikos sourit, avant d'aller calmer sa fille.

— Il l'adore, commenta Olivia.

— Aveuglément, jusqu'à oublier ses mauvaises manières.

— Sait-il que tu couches avec elle ? osa-t-elle demander.

Dimitri s'étrangla.

— C'est la deuxième fois que tu me lances cette accusation ! Qu'est-ce qui t'a mis cette idée stupide dans la tête ? bafouilla-t-il.

— Certaines choses, répondit-elle en ébauchant un geste vague. Tu as dit qu'elle avait un corps époustouflant. Comme c'est tout ce que tu remarques chez les femmes, j'ai pensé...

— Souris ! On voit que tu sors tes griffes.

Olivia afficha un sourire niais et il se mit à rire, avant de lui déposer un baiser sur le nez.

— Tu n'as ni démenti ni confirmé, insista-t-elle.

— Je n'ai pas besoin de le faire. Il est juste important que tu saches que je ne veux pas blesser Nikos et que je refuse catégoriquement qu'on me pousse au mariage. Je dois convaincre Eleni et ma mère que je ne m'intéresse pas à des gamines capricieuses de dix-neuf ans.

— Si j'étais méchante, gloussa Olivia, je te laisserais volontiers à sa merci. Allons, reprenons notre jeu... *mon chéri.*

D'un air joyeux, elle lui passa un bras autour de la taille. Il y avait quelque chose de délicieusement excitant à jouer l'épouse prodigue.

— Sorcière, va ! murmura-t-il en lui mordillant l'oreille.

Consciente qu'on les regardait et que certains se penchaient même pour écouter leur conversation, Olivia se complut dans un frisson exquis.

— Que va penser ton avocat d'une telle attitude ?

— En cet instant précis, je m'en moque, répondit-il d'une voix sexy. Ce soir, tu es ma femme et j'ai l'intention de faire valoir mes droits.

Il l'attira rudement contre lui et elle se souvint juste à temps que tout cela n'était qu'une comédie.

— Oh ! J'adoooore quand tu es dominateur ! susurra-t-elle. Comme un minable dictateur bouffi d'orgueil !

Les lèvres de son compagnon s'incurvèrent.

— Tu pourrais bien regretter cette remarque au petit déjeuner.

— L'idée est tentante, répondit-elle, le regard animé d'une lueur diabolique. Mais…

— Cela arrivera. Je te le promets.

Il l'entraîna vers un petit groupe d'amis et collègues. Ceux-ci entourèrent aussitôt Olivia et semblèrent avoir du mal à détourner leurs regards de son décolleté.

Dimitri était sidéré de voir l'aisance avec laquelle elle flirtait avec lui. Le résultat d'années d'entraînement, pensa-t-il, amer. Elle réussissait à le regarder avec des yeux fondant d'amour au point qu'il avait envie de la secouer. Oh oui ! Elle savait mentir.

— Dites-moi, Olivia, déclara à cet instant son ami Vangelis d'une voix mélodieuse. Resterez-vous en Grèce après votre divorce ?

— Vous seriez la bienvenue, intervint Andros, en s'adressant visiblement à sa généreuse poitrine. Chez moi.

Dimitri cacha son irritation derrière un sourire.

— Il est temps que nous circulions un peu, marmonna-t-il. Je préfère vous dire qu'Olivia est moins certaine de son avenir maintenant que nous nous sommes retrouvés. Et je suis de moins en moins sûr du mien.

Ce disant, il plongea longuement son regard dans les yeux bleu outremer de sa femme.

— Cela veut dire que… vous deux… ?

Vangelis laissa sa phrase en suspens.

Dimitri caressait l'épaule d'Olivia et elle levait sur lui un regard adorateur. Menteuse et comédienne ! pensa-t-il en maîtrisant à peine sa colère. De l'index, il toucha ses lèvres entrouvertes, admirant malgré lui son petit halètement qui leurrait complètement leur auditoire.

— Aucun commentaire pour l'instant. Nous vous tiendrons au courant, dit-il avant de l'entraîner vers un coin tranquille.

Avec quel plaisir il l'aurait placée sur ses genoux pour fesser son joli postérieur. Seigneur ! Pourquoi était-il si jaloux ?

— Je savais que tu ferais ton effet, déclara-t-il d'une voix grinçante sous le sourire de rigueur. Mais je ne m'attendais pas à ce que mes collaborateurs s'égarent à ce point.

— C'est le problème parfois quand les hommes font une fixation sur les seins, répondit-elle avec entrain. Impossible de capter leur attention.

— Tu les encourageais, reprocha-t-il.

— Je faisais seulement ce dont nous sommes convenus.

— Ça n'inclut pas de faire de l'œil à tout ce qui porte pantalon ! Tu es toujours ma femme. Comporte-toi comme telle et ne viens pas mêler ta morale anglaise à ça !

— Tu es sérieux ou essaies-tu d'endosser le rôle du mari jaloux ? demanda Olivia, les yeux agrandis dans la semi-obscurité.

Se rendant compte qu'il était sur le point de se trahir, il se força à esquisser un fin sourire.

— Moi ? Jaloux ? Je pourrais te conquérir facilement si j'en avais envie. Il n'y a pas un seul rival en vue. Il aurait tôt fait de s'éclipser de toute façon.

— Tu es toujours d'une incroyable vanité, dit-elle en soupirant. Et mal placée.

— C'est bien ce que tu vas voir !

Poussé à bout par ses provocations, il l'embrassa, durement au début, puis plus doucement au fur et à mesure qu'elle se rendait. Quand il s'écarta, il vit que ses prunelles bleues étaient étrangement brillantes.

— Quel spectacle nous donnons ! commenta Olivia, en cachant tant bien que mal sa détresse.

Sa bouche était brûlante, son cœur douloureux. Mais jamais il ne devait connaître l'effet qu'il avait sur elle.

— Il semble que nous ayons la même idée en tête, déclara-t-il en plaçant une main sur ses fesses.

Olivia se mit à onduler lascivement contre lui tout en réfléchissant à ces paroles. Ce qu'il avait en tête, c'était la domination et le sexe, alors qu'elle ne songeait qu'à s'échapper d'une relation qui la détruisait.

— Oh ! Voilà qui promet d'être intéressant, déclara-t-il avant qu'elle n'ait eu le temps de trouver une réponse bien sentie. Eleni vient par ici. Crois-tu pouvoir l'affronter seule ?

— Espèce de lâche !

— J'ai quelques bonnes raisons de l'être. Et je préfère éviter qu'elle ne barbouille mon smoking avec son maquillage !

— Alors, disparais, ordonna-t-elle.

Car elle n'avait aucune envie de le voir subir les tendres assauts d'Eleni.

— N'oublions pas de nous faire quelques clins d'œil par-dessus la terrasse. D'accord ? ajouta-t-il vivement en l'embrassant sur la joue.

Olivia acquiesça et il s'éclipsa, juste au moment où Eleni arrivait.

— Bonsoir, Eleni, lança Olivia gaiement. Ça fait longtemps que nous ne nous sommes pas vues. Je me souviens de vous avoir emmenée faire les magasins…

— J'étais encore gamine à l'époque. C'était avant que je ne sois dotée de ceci.

A la stupéfaction d'Olivia, la jeune fille redressa ses seins énormes et dorés d'un air de défi.

— Je dois dire que vous ne manquez pas de culot de flirter avec Dimitri ! poursuivit-elle. Vous ne savez pas qu'il est mon amant ? Alors ne vous en mêlez pas, ou je vous arrache les yeux !

Amants. Qui, d'Eleni ou de Dimitri, disait la vérité maintenant ? Les mensonges passés de son mari la portaient à croire la jeune fille. Il semblait que Dimitri entraînât dans son lit toutes les femmes, même celles qu'il méprisait. Elle-même ne faisait pas exception à la règle, hélas.

D'un air posé, elle étudia Eleni et prit le parti de sourire d'un air compatissant, même si une jalousie féroce la brûlait intérieurement.

— Ça fait trois ans que Dimitri et moi ne nous étions pas revus. Ça nous amuse d'évoquer nos souvenirs.

— Vous appelez ça « évoquer des souvenirs » ?

Olivia haussa les épaules.

— Ça me plaît de le taquiner. Trop de gens le considèrent comme un dieu. Il est temps que quelqu'un le fasse redescendre sur terre.

— Vous pouvez le faire sans vous jeter à son cou ! protesta la jeune fille. Combien de temps comptez-vous rester ?

— Le temps qu'il faudra pour obtenir le divorce.

— Dans ce cas, pourquoi lui faire les yeux doux ? Vous ne l'aimez pas ! s'écria Eleni. Vous ne l'avez jamais aimé !

Olivia la regarda tristement, ses blessures de nouveau à vif.

— Il était toute ma vie, mon âme sœur…

Brusquement, elle sentit un frisson sur sa nuque et quelque chose la força à se détourner. Avec une assurance infaillible qu'elle ne put expliquer, son attention se porta immédiatement sur Dimitri. Il l'observait depuis l'autre bout de la terrasse et l'impact de son regard passionné lui coupa le souffle. Alors, comme si une force invisible l'y contraignait, elle se mit à marcher vers lui. Au dernier moment, se rappelant ses bonnes manières, elle jeta par-dessus son épaule à une Eleni stupéfaite :

— Excusez-moi. Je dois y aller. Vous savez ce que c'est…

Déjà, elle se faufilait entre les invités. Dimitri marchait à grands pas vers le jardin. Tout en répondant aux commentaires des uns et des autres il s'assurait sans cesse qu'elle comprenait où il allait.

Autour d'elle, Olivia entendait le bruit accru des conversations. Evidemment, on parlait d'eux et de l'étrange force qui les poussait l'un vers l'autre. Mais n'était-ce pas ce qu'ils avaient voulu ? Faire reconnaître publiquement que l'étincelle qui les avait unis n'était pas morte ? C'était aussi la pure vérité.

Ôtant ses escarpins, elle foula la pelouse fraîche à sa rencontre, aussi inéluctablement que l'eau coulant vers la mer. Arrivée à sa hauteur, elle leva sur lui un regard bleu nuit, qui le fit frissonner. Oui, son désir était là, se dit-elle. Dans la tension de tous ses muscles.

— Je veux te faire l'amour ici et maintenant, décréta Dimitri d'une voix déchirée par la passion. Te voir étendue, nue sur l'herbe, les bras levés vers moi.

Olivia frémit. Des coulées de désir traversèrent son corps.

— Un moyen plutôt extrême de montrer aux autres que nous sommes revenus l'un vers l'autre, non ? répondit-elle d'une voix mal assurée.

— Tu as raison, hélas, dit-il en ébauchant un sourire désabusé.

Il s'exprimait d'une voix sourde, comme s'il avait lui aussi la gorge sèche. Olivia se sentit privée de force. Rien ni personne ne l'affectait aussi profondément que Dimitri. L'incroyable alchimie qui avait existé entre eux renaissait. Affolée, elle lança la première chose qui lui vint à l'esprit :

— Je... Je devais partir... J'ai eu l'impression qu'Eleni allait me jeter son verre à la figure et... je ne voulais pas que ma robe soit fichue.

Un mensonge cousu de fil blanc, mais elle ne pouvait le laisser croire qu'il avait réussi à l'amener à lui et à l'emprisonner par la seule force de son magnétisme.

Dimitri lui caressa doucement la hanche.

— Ç'aurait été dommage en effet. Elle te va si bien. Je crains qu'Eleni ne me considère comme sa propriété. Elle se trompe, car personne ne me possède.

L'atmosphère devenait irrespirable, comme si l'air se chargeait de messages silencieux qu'ils n'osaient exprimer. Olivia déglutit, tâchant de garder le fil de la conversation dans son esprit en pleine confusion. Ah oui ! Eleni...

— Non. Seules certaines personnes ont des droits sur toi ! argua-t-elle, les yeux étincelants.

— Elle s'est montrée rosse, c'est ça ?

— Ce n'était pas une conversation que j'avais envie de poursuivre, avoua-t-elle.

Dimitri prit une profonde inspiration.

— Je sais qu'elle est pénible, mais elle a eu une drôle d'éducation. Sa mère est morte quand elle était bébé. Ses nurses l'ont gâtée. Et par-dessus le marché, ma mère l'a convaincue que cette soirée était pour elle l'occasion de briller. Or, tout le monde ne parle que de toi.

— Oh ! s'exclama Olivia, troublée. Je ne pense pas que...

— Je t'assure que si. Ils sont tous éblouis par ta beauté, ton calme et tes manières simples. On n'arrête pas de me dire que je suis un idiot.

Elle s'empourpra davantage ; la chaleur vibrante de sa voix grave la rendait de plus en plus vulnérable.

— Je ne suis pas surprise qu'on bavarde à notre sujet, déclara-t-elle en s'essayant à un ton léger. Ce n'est pas fréquent de voir un homme distraire sa femme et sa future femme lors d'une même fête.

— Avec un peu de chance, c'est la future femme qui perdra la partie.

— La pauvre ! Elle va être inconsolable. Tu n'aurais pas dû coucher avec elle.

— Combien de fois dois-je te répéter que je n'ai rien fait de tel ?

Olivia l'étudia avec acuité. Son air sombre suggérait qu'elle l'avait offensé.

— Ce n'est pas ce qu'elle dit ! insista-t-elle néanmoins.

— Alors, elle ment ou prend ses désirs pour des réalités. Je te le jure. Elle en pince pour moi, rien de plus. Elle essayait de t'éloigner.

Olivia sentit qu'il était sincère et son moral remonta. Il n'était peut-être pas le salaud qu'elle croyait, après tout.

— Il y a plusieurs jeunes gens de son âge qui seraient ravis de prendre ma place et qui lui conviendraient beaucoup mieux que moi. Finies les couches de maquillage. Elle retrouverait son joli naturel et serait enfin elle-même.

— J'espère que tu as raison. Je n'aime pas que les gens soient blessés.

— Ça te va bien de parler ainsi.

— Je fais une exception pour toi, évidemment, marmonna-t-elle.

Le sourire de Dimitri étincela dans l'obscurité.

— Exactement ce que je pensais. Et maintenant, si nous faisions soupirer les âmes sentimentales en nous promenant ensemble ? Prends mon bras et parle-moi.

Ils marchèrent dans le parc éclairé. La beauté du site avait de quoi susciter les sentiments les plus doux, en effet. Olivia se sentait sur le point de suffoquer. Redoutant de trébucher à chaque pas, elle fut soulagée quand ils s'arrêtèrent pour admirer les lumières d'Olympos et la rampe scintillante de réverbères sur le front de mer. Des parfums enivrants passaient dans la brise et lui chatouillaient les narines. C'étaient des senteurs de fleurs de citronnier, si fortes et si émouvantes qu'elle se mit à trembler.

— J'aimerais rejoindre les invités…

Ses jambes flageolaient. Pourtant, elle avait hâte de bouger, de peur de prononcer des mots qu'elle regretterait ensuite. Comme *Je t'aime… Je t'aimerai toujours…*

— Pas de problème, murmura-t-il comme s'il devinait la raison de sa détresse. Ils ont compris le message maintenant.

L'expression de douceur imprimée sur son visage déchira le cœur d'Olivia. Dans un instant de folie, elle attira son visage vers le sien et l'embrassa tendrement. Puis elle s'écarta, avant de se laisser aller à lui avouer ses sentiments.

— Si ce n'est pas le cas, j'espère que cela ôtera leurs derniers doutes, lança-t-elle d'une voix aussi enjouée que possible.

Sur quoi, elle se hâta vers la foule fascinée. Elle avait l'impression de fuir un animal dangereux. Et au fond, était-elle si loin de la vérité ?

— Puis-je savoir ce que vous manigancez ? glapit Eleni en l'abordant d'un air belliqueux.

— Je n'en ai aucune idée, lâcha Olivia avec sincérité.

Contournant les groupes d'un air hagard, elle traversa la piste de danse déserte quand Dimitri la rattrapa.

— Danse avec moi, commanda-t-il d'un ton impérieux.

Comme une somnambule, elle se retrouva dans ses bras, ondulant au rythme de ses mouvements, avant de se rendre compte de la stupidité de ses actes. Qu'importe, elle aimait cela. Le front appuyé contre la gorge de Dimitri, elle percevait son souffle brûlant sur ses cheveux. La magnificence de son corps musclé la charmait. Bientôt, elle se moula contre lui, les seins fièrement pointés sur l'étoffe luxueuse de sa veste. Elle sentit sa virilité se tendre. Son étreinte se raffermit et ils se mirent à respirer difficilement.

— Regarde-moi, murmura-t-il.

Olivia ne put s'empêcher d'obéir.

Il s'arrêta tout à coup au centre de la piste et prit son fin visage entre ses mains. De longues minutes s'écoulèrent, qui parurent à Olivia une éternité. Puis mettant fin à cet examen passionné, il l'enlaça de nouveau et continua la danse interrompue.

Cela ne pouvait durer ainsi. Cette intimité était trop douloureuse, se dit-elle. Son amour pour cet homme lui lacérait le cœur au point qu'elle faillit crier.

— Attends, gémit-elle quand ils furent à la hauteur du petit orchestre.

S'échappant du cercle de ses bras, elle demanda aux musiciens un air plus entraînant. Quand elle revint vers lui, Dimitri se mit à rire.

— Tu préfères un peu d'action ?

— Je ne supporte pas que tu me tripotes. *Chéri,* ajouta-t-elle en plaquant un sourire sur ses lèvres.

D'un air déterminé, il l'agrippa par la taille et la fit tourbillonner jusqu'à perdre haleine. Malgré sa réticence, Olivia savoura la folle excitation de danser avec un homme qui marquait si bien le tempo. Le rythme trépidant offrait un agréable répit aux émotions qui la tourmentaient.

Bientôt, la piste se vida, les laissant seuls exécuter leur répertoire de swings et de rocks endiablés. Fatigués mais ravis, ils terminèrent par un tango vertigineux qui leur valut un tonnerre d'applaudissements.

Le cœur battant à se rompre, Dimitri fixa le visage empourpré d'Olivia. Il avait oublié ces sensations-là. Pour une fois, son esprit n'était plus dominé par les cours de l'immobilier. Olivia était une ensorceleuse qui exaltait son corps tout entier, et il entendait prolonger ce sentiment délicieux. Il s'amusait trop pour la voir quitter la Grèce bientôt. Bien sûr, il lui fallait garder avant tout son sang-froid. C'était elle qui devait se mettre au pas — le sien — et pas le contraire. Ce qui signifiait qu'il en resterait là pour l'instant.

— Je dois danser avec ma mère, annonça-t-il non sans réticence.

La bouche pulpeuse d'Olivia ébaucha une moue.

— Dans ce cas, je danserai avec d'autres cavaliers, déclarat-elle en soupirant.

Dans un mouvement réflexe, il la retint.

— Sans trop d'enthousiasme, s'il te plaît. Tu es censée tomber amoureuse de moi.

— Oh ! Je t'enverrai de tendres regards, lui assura-t-elle en lui tapotant l'épaule.

La mâchoire crispée, il la surveilla de près durant le reste de la soirée. Il lui semblait qu'elle s'amusait plus qu'elle ne le devait. Tous ses collègues et amis l'entraînaient sur la piste et, l'un après l'autre, ils la serraient de près avec des expressions émerveillées.

Appuyé au bar, il enrageait de la voir se délecter de leur admiration. Eleni, pendue à son bras, jacassait. De temps à autre, il hochait la tête ou faisait entendre un commentaire poli en réponse à son babillage. Mais son esprit était ailleurs, comme aspiré par une femme extraordinairement belle qui allumait le feu dans ses veines, et dont le corps souple et ondulant se dessinait devant ses yeux, où qu'il regardât. Où qu'il fût, il entendait sa voix musicale et son rire exquis.

— Dimitri ! Tu ne m'écoutes pas ! s'écria Eleni en lui secouant le bras avec colère.

— Désolé, répondit-il en faisant un effort pour se concentrer. Que disais-tu ?

— Aucune importance. Tu es hypnotisé par elle, n'est-ce pas ? Cette garce qui essaie délibérément de te rendre jaloux ! Tu ne vois donc rien ?

Ses yeux brillaient de chagrin. D'un geste tendre, il lui prit la main.

— Olivia et moi…

— Elle le fait exprès ! Elle sait que je suis une rivale ! déclara-t-elle dans un sanglot.

— Eleni ! dit-il avec consternation.

Devant la table du buffet, Olivia savourait des toasts en compagnie d'Andros, quand elle vit Eleni disparaître dans la maison… suivie de près par Dimitri.

Son cœur se contracta et, en proie à une angoisse indicible, elle reposa son assiette d'une main tremblante. *Il ne pouvait pas ! Non, il n'oserait pas !…* Il lui avait juré qu'ils n'étaient pas amants. Pourtant, la façon dont il se précipitait derrière la fille de son associé suggérait autre chose. Elle ne tarderait pas à le découvrir. Et peut-être démasquerait-elle le menteur qu'il était.

Après avoir murmuré une excuse à Andros, elle monta les marches qui menaient à la villa… et vit la jeune Eleni blottie dans les bras de Dimitri.

6.

Le cœur battant à se rompre et l'esprit en déroute, Olivia s'esquiva sans être vue. Comment pouvait-elle être stupide au point d'aimer cet homme, et de lui offrir si totalement son cœur et son âme ? Il n'avait jamais été sincère envers elle. *Jamais !*

Elle n'était à ses yeux qu'un corps dont il avait pratiquement loué les services pour se débarrasser d'une fiancée indésirable. A sa grande honte, elle reconnaissait qu'inconsciemment elle avait nourri l'espoir fou que peut-être… *peut-être…*

Elle avait été naïve au dernier degré ! Le passé ne lui avait-il pas enseigné que tout ce qu'il cherchait, c'était le sexe sans attaches, avec n'importe quelle beauté de passage ? Où diable avait-elle été cherchée l'idée qu'elle était particulière à ses yeux ?

Appuyée contre un pilier de marbre, elle observa avec tristesse le parc illuminé. En cet instant, elle aurait volontiers échangé la vie luxueuse qu'elle menait ici pour une maison modeste et un homme qui l'aimerait vraiment, la respecterait et lui resterait fidèle.

Lasse, elle rentra dans la villa par une autre porte et se hâta vers sa chambre, où elle cala une chaise sous la poignée de la porte. Puis elle abaissa sans ménagement la fermeture Eclair de son fourreau. La robe tomba à terre et elle la laissa là, espérant amèrement qu'Eleni passerait la nuit à lui ricaner des inepties à l'oreille. C'était tout ce qu'il méritait !

Avec des gestes d'automate, elle enfila une chemise de nuit de soie noire et se glissa entre les draps frais avec soulagement. Comme elle cherchait désespérément le sommeil, elle commença à repasser dans son esprit le film de la soirée. Dimitri… Il semblait être partout dans sa tête, feignant de l'aimer, douloureusement beau et désirable…

Plaquant ses mains sur ses tempes dans l'espoir d'évacuer son image, elle se redressa et prit le verre et la carafe de vin posés près du lit. Une dose d'alcool apaiserait peut-être sa tension, se dit-elle. Il n'en fut rien.

En colère contre elle-même, Olivia alla se poster à la fenêtre pour observer les quelques invités qui s'attardaient. Eleni n'était pas en vue. Mais bizarrement, Marina était encore là, dansant avec Nikos. Il lui sembla que sa belle-mère était légèrement ivre, car elle était blottie dans les bras de son partenaire, le visage si extraordinairement détendu et heureux qu'il en paraissait presque tendre.

Tout à coup, Olivia tressaillit. Dimitri était là aussi, bavardant avec un petit groupe d'amis avec cette aisance nonchalante qui n'appartenait qu'à lui. Il était installé dans un fauteuil d'osier, incarnant le milliardaire grec parfaitement maître de lui. Qui aurait pensé qu'il venait de batifoler avec une fille de dix-neuf ans ?

Brusquement, comme s'il avait senti qu'elle l'observait, il se raidit et leva les yeux vers sa fenêtre. Olivia s'écarta, vivement contrariée qu'il l'eût vue. Avec son ego démesuré, il allait probablement penser qu'elle se languissait d'amour comme une idiote, alors qu'elle cherchait seulement à percer le mystère de cet homme.

Dimitri sentit la tête lui tourner. Il avait eu le temps de remarquer ses épaules affaissées, signe chez elle que quelque chose n'allait pas. Les fines bretelles de sa chemise de nuit avaient glissé sur ses bras. En fait, tout son maintien avait manqué d'énergie. Malgré la distance qui les avait séparés, il était sûr d'avoir lu sur sa bouche une tristesse inhabituelle. Il devait aller la voir. Il ne savait trop pourquoi, mais il sentait qu'il le fallait.

Avec son tact habituel, il congédia les derniers invités, remercia l'orchestre et l'équipe de serveurs, puis rejoignit sa mère qui n'avait pas dit un seul mot sur son extraordinaire attitude.

— Ne t'inquiète pas pour moi, lui assura-t-il en l'embrassant. J'ai la situation en main.

— Je ne me ferai pas de souci, répondit Marina. J'ai décidé de mener ma propre vie. A toi d'assumer tes erreurs.

Ce disant, elle adressa un sourire chaleureux à Nikos qui apportait deux verres de cognac.

Le regard de Dimitri navigua de l'un à l'autre avec étonnement, notant une douceur nouvelle sur le visage de sa mère. Nikos prit un air penaud et haussa les épaules. Déconcerté, Dimitri leur souhaita bonne nuit et les quitta.

Il ne pensait qu'à Olivia. En fait, il n'avait vu qu'elle ce soir ; elle avait tout éclipsé de sa présence rayonnante. Il monta l'escalier quatre à quatre et, arrivé devant sa chambre, essaya d'ouvrir la porte. Il découvrit qu'il ne pouvait l'entrouvrir que de quelques centimètres.

— Olivia ! C'est moi ! appela-t-il.

— Cela m'aurait étonné que ce soit quelqu'un d'autre ! lança-t-elle avec colère.

— Alors, laisse-moi entrer.

— Tu crois que je vais te faire ce plaisir, alors que tu viens de roucouler avec une autre ? cria-t-elle.

De quoi parlait-elle ? Irrité, il poussa le battant qui céda un peu.

— Ouvre ou je défonce cette porte ! ordonna-t-il.

— Tu regardes trop de séries américaines ! railla-t-elle. Retourne auprès de ta maîtresse et fiche-moi la paix !

Elle ne lui laissait pas le choix. Refusant de discuter à travers une épaisseur de chêne, il recula de quelques pas et fonça. Il y eut un craquement sinistre, tandis que l'obstacle calé derrière le battant volait en éclats, et il fut projeté dans la chambre.

— Sors d'ici ! s'écria Olivia.

La voyant reculer vers les voilages du lit d'un air affolé, il se calma immédiatement. Ecartant à coups de pied les restes de la chaise brisée, il referma la porte.

— En dehors de toi, à qui donc suis-je censé faire des avances ? demanda-t-il, en desserrant son nœud papillon et son col de chemise. Je l'aurais remarqué, tu ne crois pas ?

— Tu te moques de moi ? Laisse-moi te rafraîchir la mémoire, assena-t-elle. Une blonde sculpturale, riant beaucoup…

Il salua cette description d'un grand rire.

— Eleni ? Dieu m'en garde ! Je te l'ai déjà dit, elle est la dernière créature au monde que j'aborderais. Comment pourrais-je caresser une femme dont les seins sont durs comme du marbre ?

— Parce que tu les as touchés ? demanda-t-elle, furieuse.

— Non, répondit-il avec toute la patience dont il était capable. Mais j'imagine, car ils ne bougent pas beaucoup.

Ce disant, il regarda les siens, qui se soulevaient plus qu'il ne pouvait le supporter.

— Donc, tu ne nies pas les avoir regardés ?

Dimitri laissa échapper un soupir.

— Il serait difficile d'ignorer de pareils boulets de canon ! Olivia, je ne cesse de te le répéter. Je ne suis pas intéressé par elle…

— Alors, c'est son sosie que j'ai vu dans tes bras dans le salon…

— Ah ! C'est donc ça.

— Tu ne démens plus, n'est-ce pas ? lança-t-elle à bout de nerfs.

Elle était réellement jalouse, se dit-il. Sans trop savoir pourquoi, cela le charmait. Etait-ce de la vanité ? Non, quelque chose d'autre, qu'il n'osait encore discerner.

— Olivia, déclara-t-il d'une voix radoucie, Eleni était effectivement dans mes bras. Mais, pour autant que je m'en souvienne, nous étions habillés et nous le sommes restés durant tout le temps que je l'ai consolée. J'ai remarqué qu'elle était bouleversée et j'en ai profité pour l'assurer de mon soutien.

— C'est ridicule ! Tu me mens ! l'accusa-t-elle.

— Pas du tout. J'ai insisté sur le fait qu'elle et moi avons toujours été bons amis, que je savais qu'elle ne voulait que mon bien et qu'elle était comme une petite sœur pour moi. Je lui ai parlé longuement du caractère sacré du mariage…

— Espèce de faux-jeton !

— Et j'ai réussi à la persuader, poursuivit-il sans relever l'interruption. Je lui ai dit que je lui confiais un secret, que toi et moi avions décidé de nous donner une seconde chance. Elle a fondu en larmes. J'imagine que c'est à ce moment-là que tu nous as surpris, car presque aussitôt elle s'est écartée, a essuyé ses yeux et a couru danser avec Vangelis.

— Tu… n'as… rien fait d'autre ? Comme… de l'embrasser ? articula Olivia d'une voix faible.

Il grimaça à cette question. Comment réussirait-il à la convaincre ?

— Je te le jure, sur la tête de mon père.

Hum. Dimitri ne se servirait jamais de son père pour appuyer un mensonge. Elle se mordit la lèvre, se maudissant d'avoir tiré des conclusions hâtives. Tout compte fait, il avait agi avec tact envers Eleni.

— Je suis désolée, murmura-t-elle.

— C'était une erreur compréhensible.

— Oui, étant donné ta réputation ! marmonna-t-elle.

— Et qu'elle est-elle, cette réputation ?

— Celle d'un homme à femmes.

— Ah !

Il n'opposait pas de démenti, remarqua-t-elle.

— Ne me dis pas que tu as vécu comme un moine depuis notre séparation ! lança-t-elle, exaspérée.

— Non.

Olivia tressaillit devant cette honnêteté, se demandant combien de jolies femmes il avait tenues dans ses bras.

— Je suppose que je devrais être heureuse qu'Eleni abandonne enfin ses rêves de mariage avec toi, déclara-t-elle d'une voix altérée. Nous pouvons arrêter là cette sinistre farce et…

Elle déglutit. Pourquoi était-elle désemparée tout à coup à l'idée d'un divorce rapide ? Au lieu de vouloir fêter ce succès, elle avait l'impression d'être à une veillée funèbre. Se tournant vers la fenêtre, elle tenta de maîtriser la mélancolie qui l'envahissait.

Les mains de Dimitri se posèrent doucement sur ses bras nus, et elle ressentit comme une décharge électrique.

— Et être libres de faire ce que nous voulons, termina-t-il pour elle.

Tout ce qu'elle voulait, c'était l'aimer, avoir confiance en lui, être la seule femme de sa vie !

Pourtant, quand il essaya de la ramener vers lui, elle s'esquiva.

— Je veux que tu partes maintenant, dit-elle à mi-voix.

— C'est faux.

L'arrogance de cette réponse fit naître dans le regard bleu d'Olivia une lueur de défi. Et lorsqu'il fit un pas vers elle, elle s'empara instinctivement du verre de vin et en jeta le contenu sur lui.

— J'insiste ! s'écria-t-elle.

Calmement, Dimitri ôta sa veste et sa chemise tachées.

— C'est un mensonge.

Alarmée par la détermination qu'elle lisait dans son regard sombre, Olivia saisit la carafe et l'aspergea, reculant nerveusement au fur et à mesure qu'il avançait sur elle. Le vin étincelait en gouttelettes sur son torse, mouillant la toison sombre et séduisante qui disparaissait vers son bas-ventre.

— Je vais te faire lécher tout cela, déclara-t-il d'un ton rauque en défaisant sa ceinture.

— Dimitri… non ! gémit-elle.

Dans un geste inconscient, elle s'humecta les lèvres et s'empourpra violemment. Il allait croire qu'elle se préparait à passer à l'action !

— Belle façon de s'enivrer, souffla-t-il.

Olivia sentait sa chair s'adoucir sous l'impact sensuel et brûlant de ses yeux diaboliques.

— Pourquoi voudrais-je faire cela ? demanda-t-elle en se raccrochant à la raison. Tu avais dit que nous ferions semblant d'être amoureux *en public*. Eh bien, il n'y a personne d'autre ici. Nous pouvons nous comporter normalement…

— C'est ce que je fais, répondit-il en écartant les mains d'un air innocent.

Elle lui jeta un regard furibond.

— Oh ! J'en suis sûre. Tu sauterais sur n'importe quelle poule pour peu qu'elle soit vaguement consentante !

— Pas du tout. Je suis très difficile, coupa-t-il d'une voix autoritaire. Je n'aime que les femmes qui m'excitent au premier regard. Celles qui ont une grâce sensuelle et savent charmer un homme jusqu'à ce qu'il croie devenir fou. Des femmes qui frémissent sous mes caresses et adorent le contact charnel…

— Arrête ! murmura Olivia, alarmée par l'effet insensé que ces mots produisaient sur elle.

Comment se trouvait-il si proche tout à coup ? Elle n'avait pas remarqué qu'il avait bougé, notant seulement la sombre promesse de ses yeux de velours. Elle fit un pas en arrière et rencontra le mur dans son dos. Prisonnière ! Elle ne pouvait plus compter que sur son pouvoir de persuasion pour le tenir à distance. Malheureusement, celui-ci commençait à lui faire sérieusement défaut.

D'une main tremblante, elle posa la carafe sur une table en marbre.

— Va retrouver l'une de tes femmes, lâcha-t-elle avec mépris, en imprimant à sa chevelure un mouvement fier. Je suis ici en vue d'obtenir notre divorce, je te signale ! Pas pour m'adonner à des jeux sexuels brefs et faciles…

— Ça ne sera ni bref ni facile.

Son timbre grave l'enveloppa comme une vague brûlante et Olivia se surprit à fixer ses lèvres insolentes. Sa respiration s'accéléra et elle faillit l'embrasser. Non, bien sûr que non, elle ne tenait pas à ce qu'il aille vers une autre femme ! Elle le voulait à elle, exclusivement. Un rêve impossible, elle le savait.

— Maintenant, pars ! jeta-t-elle en baissant les yeux.

Car le désir de presser ses lèvres sur les siennes et de s'oublier dans ce baiser devenait de plus en plus incontrôlable.

— Olivia, sois honnête, murmura-t-il en voyant ses poings serrés. Avoue ce que tu ressens. Je le vois dans chaque ligne de ton corps, dans la façon dont il tremble, à tes lèvres gonflées, à tes seins tellement dressés qu'ils crèveraient la soie de ta chemise de nuit et que je peux à peine me retenir de toucher.

Il se tut, puis reprit d'une voix chargée d'émotion :

— Nous sommes pratiquement libres. Nous pouvons faire ce que bon nous semble. Et en cet instant, c'est toi que je veux.

Le souffle coupé par la fureur, elle eut l'impression de recevoir une douche glacée.

94

— *En cet instant ?* bafouilla-t-elle, indignée. Oh ! Merci. Je suis heureuse d'être ta diversion du moment. Et qui désireras-tu demain, cette nuit ? Comment oses-tu me traiter ainsi ? Je ne suis pas un jouet qu'on prend et qu'on jette ! Tu ne veux pas coucher avec Eleni, mais ça ne veut pas dire que tu peux t'adresser à moi pour te satisfaire !

Elle n'avait jamais été aussi belle qu'en ce moment, jugea-t-il, avec ses yeux étincelants, sa bouche impatiente d'être embrassée, la tête rejetée en arrière exposant son joli cou. Et il n'avait jamais été plus déterminé à la posséder.

— Je ne te traite pas comme un substitut, dit-il d'une voix emplie de désir. J'ai attendu ce moment toute la soirée.

Il leva une main, surpris de constater qu'elle tremblait. Il la posa sur son épaule, joliment nacrée sous la lueur de la lune, puis la fit glisser sur sa gorge délicate et soyeuse. Olivia retint son souffle, ce dont il profita pour s'approcher encore. Doucement, il coula son autre main dans ses longs cheveux parfumés.

— L'amour entre nous est peut-être mort, dit-il tranquillement, mais l'attraction sexuelle est plus forte qu'avant. N'est-ce pas ?

Sans répondre, elle le regarda avec consternation. Alors, il se pencha et lui effleura les lèvres des siennes. Il sentit son souffle brûlant.

— N'est-ce pas ? insista-t-il en savourant l'intérieur de sa bouche du bout de la langue.

Les yeux d'Olivia se fermèrent. Elle semblait désespérée, pensa-t-il. Au bout d'un long moment, elle laissa échapper un gémissement.

— Oui !

La soie bruissa le long de son corps en un mouvement délicieusement érotique. Dans toute la splendeur de sa nudité, elle lui parut alors si vulnérable qu'il eut l'impression de recevoir un coup violent dans la poitrine.

— Olivia !

Il la prit dans ses bras et l'étreignit doucement. Au début, elle demeura tendue, bien qu'elle tremblât de tout son corps. Mais comme il se contentait de la serrer contre lui, elle se relaxa, et il reconnut dans son visage les traits de l'ancienne Olivia, de la femme passionnée et fière qu'elle avait été.

A cet instant, la sonnerie du téléphone portable d'Olivia retentit.

— Laisse, râla-t-il en embrassant sa gorge.

— Non…

Aspirant une longue bouffée d'air, elle s'écarta et s'empara de son sac. S'asseyant sur le lit, elle évita le regard de Dimitri et remonta le couvre-lit sur sa nudité.

— Allô ?

Son timbre suraigu la fit grimacer.

— Olivia ? résonna la voix de Paul, perplexe.

— Oh, c'est toi ! s'écria-t-elle avec enthousiasme. Comme c'est bon de t'entendre.

Dimitri avait pris place sur le lit et se trouvait beaucoup trop près d'elle à son goût. Détournant la tête, elle se concentra sur ce que disait l'avocat.

— … Absolument fabuleux. Angelaki possède un gratte-ciel entier pour abriter son entreprise. Nous sommes en train de conclure un accord extrêmement avantageux…

— Mais…

— Tu seras libre très bientôt, continua Paul sur sa lancée. Et milliardaire ! Qu'en dis-tu ? Tu ne penses pas que j'ai bien travaillé ?

— Paul, je…

Olivia frappa la main aventureuse de Dimitri qui s'était glissée sous le couvre-lit et remontait sournoisement le long de sa jambe.

— C'est bon, ne me remercie pas. J'espère que tu viendras à New York. J'ai une nouvelle fantastique à t'apprendre. Devine !

Elle empoigna un coin de la courtepointe que Dimitri s'ingéniait à faire glisser. En lui jetant un regard furieux, elle lança avec irritation :

— Je n'en sais rien !

— Tout va bien ? demanda Paul au moment où Dimitri la renversait sur le lit de tout son poids. Il n'est pas trop tard, au moins ? J'ai bien essayé de calculer le décalage horaire, mais franchement je suis si enthousiaste que je ne suis pas sûr…

— Oui, ça va, bégaya-t-elle, en se défendant contre un nouvel assaut de Dimitri sur sa cuisse nue.

Il la caressait à un rythme affolant et elle se mit à respirer par saccades, tandis que le désir commençait à endormir sa raison.

— Bon, alors voici la bonne nouvelle.

« Oh ! Pitié », songea-t-elle en sentant qu'elle cédait aux baisers passionnés.

— On m'a offert un poste au siège new-yorkais d'Angelaki.

— Un… poste ! répéta-t-elle, incrédule.

Cette nouvelle la frappa comme une gifle. Se raidissant, elle fusilla Dimitri du regard, lequel écoutait ouvertement la conversation tout en l'embrassant dans le cou.

— Exactement. Et tu sais ce que les avocats américains peuvent gagner ! C'est ma chance, Olivia ! Et nous pourrions former une bonne équipe, toi et moi…

— Paul, déclara Dimitri en s'emparant brusquement du téléphone. Remerciez-moi pour le boulot. Mais ne comptez pas avoir Olivia en prime. N'est-ce pas, ma chérie ?

— Rends-moi ça ! lança-t-elle en s'étranglant de rage.

Dimitri sourit, maintenant l'appareil hors de sa portée.

— Encore une chose, Hughes, dit-il d'un ton glacial. Apprenez les fuseaux horaires si vous tenez à votre emploi. Il est près de 2 heures du matin ici, et nous sommes au lit.

— *Au lit ?*

Olivia entendit son ami s'étrangler.

— Heureusement, nous ne dormions pas… si vous voyez ce que je veux dire ? termina Dimitri avant de couper la communication. Maintenant, où en étions-nous ? Ici ? Là ?…

Olivia tourna vivement la tête et il faillit embrasser l'oreiller.

— Ne me touche pas ! souffla-t-elle, menaçante.

D'une main, il la ramena vers lui.

— Ta conscience te rappelle à l'ordre ? murmura-t-il, en la fixant d'un regard dangereusement sombre. Tu sais, cette petite voix dans ta tête qui te dicte qu'il n'est pas décent de bavarder avec un ancien amant au téléphone quand ton mari est sur le point de te faire l'amour.

Olivia serra les dents.

— Pourquoi as-tu donné l'ordre d'engager Paul ?

— Je m'assure ainsi qu'il n'est pas sur notre dos.

La seconde d'après, la bouche de Dimitri emprisonna la sienne en un long baiser qui lui coupa le souffle.

— Ce qu'il a en tête est évident. Il veut t'épouser et je ne peux tolérer ça.

— Pourquoi ? le défia-t-elle.

— Il n'est pas assez viril pour être ton mari.

— Parce que tu l'es, toi, peut-être ?

Les yeux de son compagnon brillèrent d'un éclat sauvage.

— Absolument. Et j'ai l'intention de te le rappeler. *Maintenant*.

7.

Sa peau commençait à se couvrir d'un joli hâle. Il était temps qu'elle change de position pour exposer son dos, se dit Olivia. Mais l'énergie lui manquait… La faute à Dimitri !

D'un mouvement las du bras, elle releva son large chapeau de paille pour l'observer. Comme elle, il était complètement immobile depuis une heure, étendu sur un transat au bord de la piscine.

Elle rabattit son couvre-chef, incapable de prolonger l'effort. Mais l'image de Dimitri persistait dans son esprit. Elle éprouvait une joie intérieure à évoquer son corps tonique allongé au soleil. Ses bras pendaient à terre comme s'il était épuisé, et le pli sensuel de sa bouche adoucissait son profil rude. Pensait-il aux heures qu'ils avaient passées au lit — et ailleurs — jusque tard dans la matinée ?

De petits frissons la parcoururent, s'infiltrèrent au cœur de son être, délicieux. Cependant, elle était trop repue pour s'émoustiller de nouveau.

Le temps semblait suspendu. L'air vibrait sous la chaleur et une légère brise agitait doucement les palmiers autour de la piscine, lui apportant des senteurs grisantes.

Elle entendit Maria, l'employée de maison, servir de la limonade.

— Olivia, murmura Dimitri.

Il plaça un verre froid dans sa main et elle fit entendre un « Mmmh » de satisfaction. Il lui baisa les doigts, puis retourna s'allonger avec un soupir de contentement.

Content, il pouvait l'être ! songea-t-elle. Elle l'aimait. Non pas à cause de la nuit torride, explosive qu'ils avaient partagée, mais parce qu'ils avaient parlé et ri et qu'elle s'était sentie heureuse et parfaitement à l'aise.

Tous les sentiments fiévreux qu'elle avait eus pour lui au début de leur relation revenaient en force, plus intenses.

Dimitri l'avait caressée et aimée au point qu'elle avait eu l'impression de mourir de plaisir. Même en cet instant, un petit soupir lui échappa au souvenir de ces heures exquises. Car cette extase impliquait ses émotions les plus profondes. Plus qu'une drogue, Dimitri était vital à son bonheur.

Cette dernière pensée l'alarma. Si c'était vrai, alors elle devrait se battre pour lui, l'amener à l'aimer plus qu'il n'aimait séduire les femmes. Comment y parvenir ?

Elle se redressa et sirota la limonade glacée, espérant ainsi calmer ses interrogations. A cet instant, Dimitri étendit la main et lui toucha le bras.

— Je n'oublierai jamais la nuit dernière, déclara-t-il doucement.

— Moi non plus.

Elle hésita, tentée de lui avouer ses sentiments, quitte à ce qu'il se moquât d'elle.

— Ai-je chassé de ton esprit toutes tes pensées de Paul ? s'enquit-il.

— Oui…

Soudain, la voix familière d'Eleni roucoula derrière eux.

— Dimitri !

Vêtue d'un haut ultracourt et d'un paréo qui couvrait son Bikini, Eleni courut se jeter à son cou. Olivia pesta intérieurement.

— Quelle jolie fête c'était, mon chéri ! ronronna la jeune fille en caressant une mèche rebelle qui lui retombait sur le front.

— Arrête, vilaine ! se plaignit-il.

Olivia reposa son verre et alla se baigner. Trop fatiguée pour nager, elle se laissa porter par l'eau fraîche, les yeux clos.

Au bout d'un moment, deux bruits de plongeons à l'autre bout de la piscine l'avertirent que Dimitri et Eleni l'avaient rejointe. Elle releva la tête. Ils s'amusaient follement, comme deux amis. Non, se ravisa-t-elle en voyant Eleni se couler contre Dimitri à la moindre occasion. On aurait dit des amoureux qui ne pouvaient s'empêcher de se toucher.

Des larmes brûlantes lui montèrent aux yeux. Chaque fois qu'elle croyait Dimitri épris d'elle, elle découvrait que ce n'était rien d'autre qu'une manœuvre de séduction. Car s'il était sincère, pourquoi faisait-il l'idiot avec Eleni ?

Elle se détourna et se mit à nager vers le bord, quand elle sentit soudain qu'on la saisissait par-derrière pour lui faire boire la tasse. Elle se débattit et émergea en suffoquant. Eleni se trouvait à quelques centimètres d'elle.

— Je vous ai bien eue ! triompha la jeune fille.

— Vous pouvez le dire, répondit Olivia avec humeur.

— Jalouse ?

Olivia chercha Dimitri du regard. Il avait disparu.

— Pourquoi ? Je devrais l'être ?

— Et comment ! Je suis grecque, je suis la fille de son associé et j'accepte que les hommes de mon pays aient des aventures.

Olivia la fixa avec étonnement.

— Vous lui permettriez d'avoir des liaisons ?

— Bien sûr. Si, en échange, il reste marié avec moi. On raconte que son père entretenait une maîtresse. Je trouverais normal que Dimitri en ait une aussi.

Olivia sentit un frisson glacé lui parcourir l'échine. Cela expliquait sans doute qu'il tînt la fidélité pour peu importante.

— Je ne comprends pas comment vous pouvez envisager de le partager avec une autre, dit-elle posément.

Eleni haussa les épaules.

— Du moment que ça reste discret. En revanche, si une fois mariée, il me fait de la peine ou s'il touche à un seul de mes cheveux, mon père n'hésitera pas à causer la perte de l'empire Angelaki.

Olivia était sidérée par le caractère obstiné de cette fille : elle avait jeté son dévolu sur Dimitri et n'en démordrait pas.

— Personnellement, dit-elle calmement, j'aimerais mieux qu'un homme me soit dévoué parce qu'il m'adore que parce qu'il est menacé de ruine.

La laissant méditer ces paroles, elle se hissa hors du bassin. Eleni pouvait idolâtrer Dimitri et imaginer qu'un mariage avec lui serait un lit de roses, elle ne l'aimait pas. L'amour allait bien au-delà de l'attraction sexuelle et des rêves merveilleux.

Pensivement, elle essuya ses cheveux avec une serviette. Elle avait été follement amoureuse de Dimitri dès l'instant où elle l'avait vu. Puis elle avait appris à l'aimer plus profondément avec le temps. Son cœur cogna douloureusement dans sa poitrine. Peut-être avait-elle abandonné la partie trop facilement. Eleni, elle, se battait pour l'homme qu'elle voulait.

Lentement, elle tamponna sa peau humide, se demandant si elle devait suivre son cœur ou sa raison.

De l'intérieur de la villa, Dimitri la regardait avec intensité, sachant que quelque chose la tracassait. Depuis plusieurs minutes, elle se séchait la même cuisse.

Avec difficulté, il détourna son esprit de ses courbes tentatrices. Il s'en voulait de se laisser distraire si facilement, mais son corps était divin dans la lumière miroitante, et il ne pouvait s'empêcher de revivre ces instants où il en avait exploré chaque zone palpitante. Bon sang ! Olivia accaparait tellement son esprit qu'il se demandait parfois si son image n'était pas gravée dans son cerveau !

Elle se mordait la lèvre à présent et il espérait que ce n'était pas à cause du comportement d'Eleni. Cette fille avait bien besoin qu'on la prenne en main. S'il n'était pas sorti de la piscine à temps, il lui aurait flanqué une fessée. Avec les conséquences désastreuses que cela supposait...

Sa tension diminua à la vue de la pensive Olivia. Comme avertie par un sixième sens, elle releva la tête à cet instant et s'aperçut qu'il l'observait. Le souffle court, elle s'enveloppa dans un peignoir et, d'un pas déterminé, se dirigea vers le salon où il se tenait, vêtu seulement de son maillot.

Il sourit et ouvrit les portes-fenêtres qui donnaient sur la terrasse.

— Ta petite conversation avec Eleni n'a servi à rien, déclara-t-elle sans ménagement. Elle a toujours l'intention de t'épouser !

Ce disant, elle passa si vite devant lui que ses cheveux lui fouettèrent l'épaule. Il refoula les frissons qui s'emparèrent de lui à ce contact, mais il ne pouvait ignorer la bouffée de parfum qui traînait dans l'air comme pour le provoquer.

— Je sais, répondit-il en s'éclaircissant la gorge. Elle me l'a dit il y a encore quelques minutes, et j'ai essayé de l'en dissuader en riant. Sans succès, il semblerait.

Puis d'une voix nonchalante, il ajouta :

— Nous devons encore essayer de la convaincre qu'elle n'a aucune chance.

Olivia fronça les sourcils.

— Oui. Sinon, jamais je... je n'obtiendrai le divorce, n'est-ce pas ?

Il perçut sa réticence. S'il jouait correctement cette partie, il pourrait obtenir qu'elle prolongeât son séjour, jusqu'à ce qu'il fût guéri de son obsession pour elle. Une année, peut-être.

Etudiant ses yeux immenses frangés de cils épais, il sentit une excitation le gagner.

Le visage d'Olivia exprimait un désir pathétique, et il envisagea une journée entière à lui faire l'amour. Il laissa errer son regard avide sur ses courbes que le peignoir soulignait. Bientôt, elle se mit à respirer par saccades, comme lui.

— Olivia…

Il s'avança vers elle et scella leurs lèvres brûlantes dans un long baiser passionné. Sa main s'égarait dans la chevelure blonde. Il lui redressa le menton et sourit, tremblant à cause des émotions qui le dominaient. Strictement physiques. Il avait fermé son cœur trois ans plus tôt, et elle était la dernière personne qu'il autoriserait à en forcer la porte. Mais elle savait exalter son corps, le rendre magnifiquement vivant, et il n'avait pas l'intention de la laisser partir avant d'épuiser sa passion pour elle.

— Davantage d'ardeur, commanda-t-il d'une voix sourde.

— Quoi ?

— Eleni nous regarde, murmura-t-il en capturant de nouveau sa bouche. Sois convaincante !

Olivia gémit de plaisir. Etourdie d'amour, elle se plaqua fougueusement contre lui, savourant la joie d'être dans ses bras. Pendant un moment, elle voulut croire qu'il était sincère. Elle savait qu'elle prenait des risques avec ses propres sentiments, mais s'il y avait une chance d'amener Dimitri à reconnaître qu'ils étaient faits l'un pour l'autre, elle voulait la tenter. Alors, il pourrait apprendre à l'aimer.

Elle leva une jambe nue qu'elle fit glisser le long de sa cuisse. Il frémit, et elle sentit que son cœur battait la chamade.

Dimitri laissa échapper un son rauque. Il la détestait et la désirait à la fois ! Il se mit à noyer sa gorge de baisers, tandis qu'elle soupirait et pressait sa chair nue contre lui.

Il devait lui parler maintenant. Pourvu qu'elle accepte de rester… L'incertitude le rongeait à le rendre fou.

— Tu aimes cela, *chéri* ?…

— Oui, et tu le sais très bien, répondit-il. Tu me mènes à la folie.

— Vraiment ? s'enquit-elle avec un lent sourire, tout en taquinant sa lèvre inférieure du bout du doigt.

Il l'entraîna vers le fond de la pièce, hors de vue, et emprisonna son visage entre ses mains pour capter son attention.

— Je ne veux pas que tu partes, annonça-t-il tout de go. Reste avec moi.

Olivia retint son souffle.

— Dimitri…

— Reste !

Il vit les larmes au bord de ses paupières et l'éclat radieux de ses traits. Elle n'attendait que cela, pensa-t-il, désemparé. Elle croyait l'avoir reconquis pour de bon, alors qu'il ne voulait la garder que pour se lasser d'elle… La mère de ses enfants ne serait jamais cette croqueuse d'hommes avide de richesse.

— Pour… combien de temps ? demanda-t-elle en cherchant son regard à travers ses larmes.

Il aspira une bouffée d'air et l'embrassa, se perdant dans le goût de ses lèvres, s'enivrant de sa douceur et de son parfum.

— Je ne sais pas, avoua-t-il avec franchise.

— J'ai peur.

— De quoi ? s'enquit-il en titillant le bout d'un sein.

— Que tu…

Un gémissement léger s'échappa des lèvres d'Olivia, tandis que son mamelon se dressait sous les caresses rythmées.

— Que tu… me partages… avec d'autres, haleta-t-elle.

— Ecoute-moi !

Elle avait fermé les yeux et ses longs cils ombraient ses pommettes adorables. Sa bouche était encore humide de son baiser. Oui, il promettrait n'importe quoi pour qu'elle reste, se dit-il. Nuit et jour, elle l'obsédait et il avait parfois toutes les peines du monde à se concentrer sur son travail.

— Olivia, annonça-t-il en la tenant à bout de bras, je ne serais pas intéressé par d'autres femmes si nous étions de nouveau amants. Je n'ai pas l'énergie d'un étalon !

Curieusement, elle parut douter de cette dernière affirmation et il en fut flatté.

— Tu me satisfais pleinement, jusqu'à ce que tu me regardes avec tes yeux saphir affamés. Alors, j'ai envie de te dévorer. Il n'y aura pas d'autres femmes, je te le promets.

— Pas même… une passade avec… avec une de ces femmes que tu as fréquentées depuis mon départ ? demanda-t-elle, anxieuse.

Le visage de Dimitri s'éclaira.

— Certainement pas ! Elles étaient décevantes. Je crois que je les comparais trop à toi.

— Personne… en particulier ? l'interrogea-t-elle encore.

Il l'attira doucement dans ses bras.

— Non, tu seras la seule. Je te le jure sur la tête de mon père. Je t'en prie, reste.

Elle le fixa et il attendit, quêtant sa réponse. Prenait-elle une décision ou le faisait-elle languir ? Il n'en savait rien et s'en moquait. Tout ce qui comptait, c'était qu'elle dise oui.

Le souffle court, Olivia tâchait d'analyser la situation. Il suffirait de mettre le passé de côté et de penser à l'avenir. Peut-être jouait-elle son bonheur, mais elle ne se pardonnerait jamais de ne pas avoir tenté cette ultime chance.

Elle sourit, et l'espoir envahit Dimitri.

— Oui, murmura-t-elle enfin.

Un étrange délire déferla en lui. Du calme, s'intima-t-il. Mais la paume d'Olivia suivait lentement les contours de son torse. Elle approcha sa bouche et taquina délicatement un téton plat. Une sensation folle et familière le saisit. Olivia serait à lui et à lui seul ! Exultant de joie, il pressa sa bouche sur la sienne avec une ardeur passionnée, tandis que ses doigts glissaient vers l'attache de son Bikini. Puis sa main fine se referma sur la sienne.

— Pas ici. Pas tant qu'Eleni est dans les parages. Je tiens à ce que nous allions quelque part, murmura-t-elle, émue. Un endroit romantique.

Il sourit et noya son visage de baisers.

— Je connais exactement le lieu, souffla-t-il. Je vais lui dire que nous partons. Habille-toi. Nous allons loin d'ici, loin d'Eleni et de ma mère. Juste toi et moi.

Il mordilla son épaule brûlante et ajouta :

— L'avantage, c'est qu'on nous verra filer ensemble.

Cela semblait merveilleux. Ils passeraient la journée en amoureux, comme autrefois. Et peut-être était-ce l'opportunité de lui montrer combien elle l'aimait, qu'ils s'appartenaient et étaient destinés l'un à l'autre ? Il était possible qu'ils se retrouvent *vraiment*, pensa-t-elle avec un sourire rêveur.

Nouant ses bras autour de son cou, elle le regarda avec adoration et fut récompensée en le voyant près de suffoquer. Ils parleraient, oublieraient tout sauf l'avenir.

— Un endroit intime, répéta-t-elle. Où nous pourrons nager et nous dorer au soleil.

Fermant les yeux, elle l'embrassa doucement. Brièvement, elle sentit le contact de sa langue, puis il desserra les doigts sur sa nuque.

— Va vite. Je ne peux pas attendre, la pressa-t-il d'une voix étouffée.

— Je serai prête dans dix minutes, assura-t-elle, le visage radieux.

*
* *

Main dans la main, ils marchèrent jusqu'au port. Olivia portait un T-shirt bleu ciel, lacé sur les épaules, et une jupe volantée assortie. Dimitri avait choisi une chemise crème et un pantalon de toile.

En chemin, elle saluait comme lui les femmes en noir aux yeux rieurs qu'ils croisaient et les vieillards qui somnolaient devant les petits cafés aux façades couvertes de bougainvilliers.

— *Krona pola*, lança-t-elle joyeusement.

« Longue vie. »

— *Epsis*, répondaient-ils.

« Qu'il en soit de même pour vous »… Olivia pensa à toutes les années qu'elle pourrait passer aux côtés de Dimitri et sourit. Tous ses sens semblaient exacerbés. Elle humait des senteurs d'ail et de citron. On entendait le grésillement alléchant d'une friture, venant de la petite taverne sur le port. Une joie indicible dilatait son cœur. C'était là qu'elle désirait vivre, avec cet homme-là. S'il s'engageait envers elle…

Un frisson d'incertitude faillit saper son bel optimisme, mais en le voyant sourire et lui presser la main affectueusement, elle se souvint de la promesse qu'il lui avait faite.

Ils grimpèrent à bord du canot et Olivia se tint près de lui, lui entourant la taille pendant qu'il manœuvrait entre les bateaux de pêche.

— Où allons-nous ? demanda-t-elle dans le vent qui balayait ses cheveux.

— Tu verras, répondit-il, énigmatique.

Blottie contre lui, elle sentait ses muscles rouler sous ses doigts comme il naviguait entre les récifs au bout du promontoire, avant de gagner le large. Ils dépassèrent bientôt l'îlot volcanique de Methana et semblèrent mettre le cap sur l'île de Poros. Glissant dans l'étroit chenal qui séparait l'île de la terre ferme, ils longèrent le rivage. Alors, Olivia sut où ils allaient.

Elle sourit. Il se l'était rappelé !

Dimitri amarra le canot au bord de la petite plage, puis il la souleva dans ses bras comme si elle était une jeune mariée. Tout un symbole, pensa-t-elle, le cœur débordant de joie.

La déposant à terre, il s'empara du sac à dos qu'ils avaient emporté et prit la main d'Olivia.

— Je sens les fleurs de citronnier, dit-elle doucement.

— J'ai pensé que ce serait un bon endroit pour un pique-nique.

— C'est parfait.

Ils remontèrent la plage et traversèrent un champ diapré de coquelicots et de marguerites. Les fleurs poussaient à foison en Grèce. Sur les ruines des temples, dans les ravins… là, sous les arbres du verger, formant un tapis aux couleurs vives.

Submergée par l'enivrant parfum, Olivia pouvait à peine parler tant elle était heureuse.

Ils s'installèrent au sommet d'une colline, face à la mer couleur lapis-lazuli. Adossée contre un mur de pierres sèches où se prélassaient des lézards, elle posa la tête sur l'épaule de Dimitri, et ils restèrent longtemps enlacés à goûter cette paix. Comme s'ils avaient été seuls au monde…

— Regarde. Des machaons.

Elle suivit des yeux les grands papillons qui virevoltaient au-dessus des rosiers, de la lavande et des orchidées sauvages.

— J'ai pensé si souvent à cet endroit, quand j'étais en Angleterre, évoqua-t-elle doucement.

Il l'embrassa tendrement. Ils se caressèrent et Olivia eut l'impression que Dimitri faisait partie d'un rêve.

Ils déjeunèrent paresseusement de roulés aux olives, de boulettes de viande, de fromage et de beignets à la cannelle arrosés de sirop de miel. Dimitri lécha le sirop qu'elle avait répandu sur ses doigts et ses lèvres ; puis il lui fit goûter des cerises et des oranges douces. Une fois rassasiés, ils se mirent à parler en buvant du vin.

— Tu as dit que tu étais au chômage. J'espère que dans ton dernier emploi, le patron était une femme, déclara-t-il.

— Un homme, en fait. Mais il avait soixante et onze ans et n'était pas assez leste pour m'attraper quand je passais devant son bureau ! répondit Olivia en riant. Je plaisante, reprit-elle en voyant son regard s'assombrir. Il a pris sa retraite et l'entreprise est passée aux mains de son fils. Je n'aimais ni la façon dont il me regardait, ni ses commentaires, alors j'ai donné ma démission. Puis j'ai décidé que c'était l'occasion de t'avertir que je voulais divorcer.

Dimitri fixa la mer, le cœur battant. Un infime soupçon se forma dans son esprit.

— Tu n'as pas d'emploi en vue ?

— Non. Cela signifie que je peux rester.

Il demeura silencieux. Avait-elle également prévu depuis longtemps de le séduire de nouveau ?

Elle lui embrassa la joue. Au bout d'un moment, il se tourna vers elle en lui dissimulant son regard.

— Ça tombe bien, commenta-t-il avant de s'allonger dans l'herbe.

Olivia passa ses bras autour de son cou et se mit à le charmer du regard.

— Allons-nous baigner, décida-t-il soudain.

Et il l'entraîna à sa suite avant qu'elle n'ait eu le temps de protester. Tout à son amour pour lui, elle se laissa faire. Ils se déshabillèrent et coururent vers l'eau. Olivia nageait dans les vagues délicieusement tièdes, ou se laissait dériver sur le dos. Mais Dimitri traversa plusieurs fois la petite baie d'un crawl énergique, comme si sa vie en dépendait. Amusée, elle attendit qu'il émerge de l'eau.

Ils se séchèrent mutuellement, et elle ressentait tant d'amour pour lui qu'elle crut que son cœur allait exploser. Ensemble, ils admirèrent le coucher de soleil. Quand le ciel prit une teinte crépusculaire, les cigales se mirent à chanter en un chœur assourdissant et les lucioles apparurent. Dans la nuit montante, ils retournèrent au bateau.

Olivia se pelotonna sur la banquette, le cœur empli de bonheur. Il ne lui avait pas fait l'amour. Quelque chose de plus profond avait cette fois remplacé leur attirance physique : le plaisir qu'ils avaient à être ensemble. En soupirant d'aise, elle contempla la nuit de velours parsemée d'étoiles. Elle souhaitait que son avenir fût pareil à ce jour-là, pour la vie.

8.

Prenant conscience que le jour s'était levé, Olivia étendit paresseusement le bras vers le côté du lit qu'occupait Dimitri et rencontra le vide. Dans un sursaut, elle écarquilla les yeux et guetta le bruit de la douche. Mais tout était silencieux, hormis les murmures qui lui parvenaient de la terrasse.

Intriguée, elle sauta du lit, le corps encore vibrant des tendres baisers de Dimitri, et s'approcha de la fenêtre. Il prenait le petit déjeuner avec sa mère et lui parlait avec gravité. Devinant qu'il lui expliquait qu'ils avaient « sauvé leur mariage », Olivia sourit, puis en bâillant, se rendit dans la salle de bains. Elle prit une douche rapide et enfila une robe blanche dos nu, toute simple, qui rehaussait son joli hâle. Elle descendit, tout en mettant en hâte ses boucles d'oreilles, et déboucha sur la terrasse.

— Olivia !

Dimitri se leva et vint l'embrasser sur la joue.

— Bonjour, chéri ! lança-t-elle avec un sourire radieux. Bonjour, Marina. Comment allez-vous ?

— Très bien, répondit celle-ci d'un air mystérieux.

Olivia ne tarda pas à découvrir la raison de cette humeur rêveuse. Nikos apparut et les salua, tout en couvant Marina d'un tendre regard.

Dimitri et Olivia échangèrent des coups d'œil amusés. De toute évidence, Nikos avait passé la nuit à la villa.

112

— Nikos, je veux que tu sois le premier à le savoir, déclara Dimitri. Olivia et moi sommes de nouveau ensemble. J'espère que tu es content pour nous. Je sais ce que tu penses des liens du mariage.

Son associé parut abasourdi, puis sa courtoisie vint à la rescousse.

— Bien sûr, félicitations, balbutia-t-il d'une voix un peu tendue.

— J'imagine que tu organiseras le mariage d'Eleni bientôt, continua Dimitri avec tact. Tant de jeunes gens lui tournent autour qu'elle n'a que l'embarras du choix.

Nikos ébaucha un sourire plein de fierté, cette fois. Les paroles de Dimitri allégeaient quelque peu sa déception.

— Ma fille est un beau parti.

Ce disant, il regarda Marina, et Olivia se demanda s'il ne convolerait pas avant sa fille. Cette pensée la détendit, et elle entama son petit déjeuner avec entrain.

— Ils bavardent comme deux tourtereaux. Je parie qu'ils ne se sont même pas aperçus que nous partions, glissa-t-elle à Dimitri quand ils s'éclipsèrent.

— Ma mère est complètement différente, reconnut-il doucement. L'amour embellit la vie.

— Je suis tout à fait d'accord là-dessus.

Le cœur battant, elle attendit qu'il fasse un commentaire. En vain. Elle se mordit la lèvre pour cacher sa déception.

Ils avaient atteint le hall et il était resté silencieux, quand le portable de Dimitri se mit à sonner. Olivia se raidit automatiquement, en reconnaissant la mélodie détestée.

Il consulta l'écran et déclara :

— Monte, je serai avec toi dans un moment.

L'air préoccupé, il lui caressa la joue, puis s'engouffra dans son bureau.

Comme Olivia se détournait, déprimée, elle sentit une de ses boucles d'oreilles glisser sur son épaule et tomber à terre.

S'agenouillant pour la chercher, elle ne put s'empêcher de risquer un œil par la porte entrouverte. Elle se figea à la vue de Dimitri, adossé à la bibliothèque, l'air parfaitement détendu et satisfait. Il était évident qu'il la croyait déjà partie. Le plaisir se peignait sur ses traits et sa voix s'adoucissait. A cet instant, il se tourna vers la fenêtre, mais elle comprit distinctement le mot qu'il prononça :

— *Athéna*.

Olivia cessa de respirer. Ce nom murmuré dans un flot de grec était empreint d'une telle tendresse qu'elle en eut le cœur déchiré.

— *Avrio*, dit-il encore.

A demain. Elle connaissait au moins cette expression. Sur une impulsion, elle entra, le tapis étouffant ses pas, dans l'intention de lui demander des explications. Ce fut à ce moment qu'elle remarqua la carte d'anniversaire. Incrédule, elle fixa le carton qui représentait un éléphant bleu tenant trois ballons et un gâteau planté de trois bougies.

Cette carte était peut-être destinée à n'importe quel enfant de son entourage, se raisonna-t-elle, en tentant d'apaiser son cœur affolé. Mais il se pouvait aussi qu'elle ait été achetée pour l'enfant d'Athéna. *Celui de Dimitri...* Après tout, cela faisait trois ans qu'elle l'avait vu aider sa maîtresse enceinte à monter en voiture.

Olivia grimaça sous l'effet de ces souvenirs terribles. Ce jour-là, elle était restée figée dans une horreur sans nom, incapable de bouger ou de parler. Puis dès que Dimitri avait démarré, elle était sortie de la voiture en titubant, et avait été horriblement malade. De rage, elle avait cogné ses poings contre le capot jusqu'à ce que la douleur fût devenue insupportable.

Mais elle n'avait pas pleuré. Sa colère avait été trop forte pour céder aux larmes.

Elle était alors mariée depuis six mois seulement. Cela impliquait que, le jour où il l'avait épousée, il avait su que sa maîtresse était enceinte. Quand ils avaient marché autour de l'autel sous une pluie de pétales de roses, quand il lui avait juré fidélité, avait-il pensé à Athéna et à leur futur enfant ? Mon Dieu ! Que de mensonges !

Inspirant l'air par saccades, elle fixa avec tristesse la nuque de Dimitri. Il devait forcément éprouver de l'amour pour la mère de son bambin. Etait-elle la future Mme Angelaki, celle qu'il voulait faire accepter à Marina un jour ?

Le monde sembla vaciller autour d'elle, mais elle parvint à conserver son équilibre et, sans un mot, elle s'éclipsa de la pièce, la gorge bloquée par l'émotion. Elle traversa le hall comme une folle.

— Olivia !

Elle se raidit en entendant la voix aigre de sa belle-mère. Oh, non ! Pas elle ! Incapable de parler, elle agita une main dans sa direction en se ruant vers l'escalier.

— Etes-vous ivre ? Que vous arrive-t-il ? insista Marina.

— C'est… à cause de Dimitri ! Qui d'autre ? lança Olivia avec désespoir.

— Attendez.

La mère de Dimitri la saisit par le bras et la força à lui faire face.

— Non, laissez-moi tranquille !

Olivia tenta de se dégager, mais sa belle-mère était incroyablement forte et déterminée.

— Je veux savoir ce qu'il a fait. J'insiste !

— Pour que vous puissiez vous réjouir de mon chagrin ? la défia Olivia.

— Non, parce que je veux qu'il soit aussi heureux que je le suis.

Olivia capitula, effondrée. Pourquoi ne pas lui dire ? Qu'est-ce que ça changeait au fond ?

— Pas ici, décréta-t-elle en regardant vers la porte du bureau d'un œil venimeux. Dans l'humeur où je suis, s'il sort de cette pièce, je serais capable de le défigurer !

Marina se figea sous le choc.

— Entrons dans le salon. Il faut que je sache ce qui se passe.

Prisonnière des doigts fermes qui serraient son poignet, Olivia trébucha à sa suite dans le salon ensoleillé. Elle savait qu'elle devait surveiller ses paroles. Si Marina venait à apprendre qu'en réalité leur mariage était fichu, Eleni aurait le champ libre et il faudrait des siècles avant que le divorce ne soit prononcé. Quant à elle, elle serait bloquée en Grèce et contrainte de se débrouiller.

Pour autant, ils ne pouvaient continuer à jouer cette comédie absurde. Plus maintenant. Ce serait insupportable de vivre dans cette maison jour après jour, d'échanger des baisers et des regards langoureux. Et pire, de le voir partir en se demandant s'il allait retrouver les bras d'Athéna. Bon sang ! Ce type était incapable de reconnaître l'amour. Il avait un cœur de pierre !

— J'attends.

Olivia aspira une longue bouffée d'air et releva le menton.

— Je… je pensais que Dimitri et moi étions capables d'oublier le passé et de repartir de zéro…

— C'est ce qu'il m'a dit au petit déjeuner. Mais vous ne l'aimez pas, finalement ? Alors, j'avais raison depuis le début !

— Pas tout à fait. Je pensais vraiment qu'il avait changé. Mais je ne suis plus sûre de rien. Parfois, je me dis qu'il a une moralité de chat de gouttière.

— On dirait que vous le détestez, dit Marina.

— C'est la vérité !

— Alors, pourquoi êtes-vous si bouleversée si vous le haïssez ?

— Parce que je l'aime à la folie ! cria Olivia, consciente que ses paroles n'avaient aucun sens.

— Je ne comprends plus. Le message que vous avez laissé en partant disait le contraire, lui rappela la mère de Dimitri.

— Non, j'ai écrit qu'il était inutile de rester mariés s'*il* ne m'aimait pas, *lui* ! Seigneur ! Vous savez bien que j'ai été effondrée en le voyant avec sa maîtresse. Je l'ai toujours aimé. Oh ! Je sais ce que vous pensez. Que je lui courais après parce qu'il était riche. Eh bien, pour commencer, j'ignorais tout de lui. Nous nous rendions dans des petits restaurants sans prétention ; son appartement était plus fonctionnel que luxueux. Certes, il avait une belle voiture, mais combien d'hommes s'endettent pour s'offrir la voiture de leurs rêves ? Bref, je me moquais de savoir qui il était, du moment que nous étions ensemble. Quand j'ai appris qu'il dirigeait le vaste empire Angelaki, j'étais déjà follement amoureuse.

Olivia marqua une pause avant de poursuivre :

— Je suis assez bête pour être retombée dans le panneau. Quand je suis avec lui, j'ai l'impression d'être la seule femme au monde à ses yeux et c'est le plus merveilleux sentiment que je connaisse. Or, il me fait danser comme une marionnette, comme toutes ces femmes qui l'adorent et se jettent dans son lit dès qu'il agite le petit doigt ! Mais j'ai aussi des sentiments, Marina ! Je l'aime et je le hais, car il est capable de me blesser si profondément que j'en perds le goût de vivre. Il faut que je parte, parce qu'il me détruit petit à petit. Je veux que vous m'aidiez à trouver un logement en Grèce, jusqu'à ce que j'obtienne le divorce. Je suis sûre que vous serez d'accord, termina-t-elle avec amertume.

Il y eut un long silence. Sa belle-mère paraissait complètement héberluée par son éclat.

— Je… J'ignorais totalement que vous éprouviez ces choses-là, finit-elle par dire.

— Vous me croyez ? balbutia Olivia.

— Oui. Je me reconnais dans ce que vous dites, parce que j'éprouvais la même chose pour Théo.

Elle sourit en voyant Olivia écarquiller les yeux.

— Chez les Angelaki, les hommes ont l'habitude de rejeter l'amour de leurs épouses. Vous avez quitté mon fils, parce que vous avez été blessée en apprenant sa liaison avec cette femme que nous avons vue…

— Je pense qu'il la voit toujours. Peut-être à cause de leur enfant. Peut-être à cause de…

Elle se tut, n'ayant pas le cœur d'exprimer ses autres craintes.

— Ma chère, je vais vous donner un conseil qui va vous surprendre, déclara Marina d'un ton grave.

— C'est d'une aide pratique dont j'ai besoin, marmonna Olivia.

A sa grande surprise, le visage de sa belle-mère se radoucit.

— Vous pouvez compter sur mon aide, mais avant cela, laissez-moi vous dire quelque chose qui vous intéressera. Dimitri a beaucoup souffert après votre départ. Il était toujours irritable, difficile à satisfaire, et n'avait jamais de temps à accorder à ses amis ou à sa famille.

Olivia haussa les épaules.

— J'imagine que son orgueil était blessé.

— A moins qu'il n'ait été dévasté par votre disparition et qu'il ait attendu que vous reveniez, fit valoir Marina. Qui sait ? Tout ce que je peux dire, c'est qu'il était malheureux et que sa maîtresse ne lui donnait pas satisfaction, apparemment. Mais il est de nouveau heureux de vivre depuis que vous êtes revenue. Et voici le conseil que je tenais à vous donner : si vous l'aimez vraiment, acceptez-le tel qu'il est.

— Accepter un homme *menteur et infidèle* ? s'étrangla Olivia.

— Vous ne seriez pas la première à fermer les yeux sur l'adultère, dit Marina avec une lueur de tristesse dans le regard. Olivia… Je savais que… mon mari avait une maîtresse. Mais je ne voyais pas de raison de le quitter, même s'il avait trouvé une femme plus jeune et plus séduisante que moi.

Olivia la fixa avec stupéfaction.

— Cela vous était égal ?

— Non, bien sûr que non. Mais je le voulais, lui.

Quel atroce compromis ! Etait-ce pour cela que Marina semblait si amère dans la vie ?

— Avez-vous été heureuse ? demanda-t-elle doucement, encore étonnée que sa belle-mère lui eût fait une confidence si intime.

— Non, avoua-t-elle tristement. Et je l'ai probablement rendu malheureux avec mes reproches. Le fait est que je ne pouvais m'en empêcher. Je l'aimais et j'avais tant besoin de lui… Peut-être l'ai-je même poussé dans les bras d'une autre. J'étais excessivement possessive.

Olivia comprenait son chagrin, cette douleur du rejet et de l'humiliation. Sur une impulsion, elle serra sa belle-mère dans ses bras.

— Je serais incapable d'agir comme vous l'avez fait. Vous êtes beaucoup plus forte que moi.

— Ou seulement plus obstinée, répondit Marina en soupirant.

Elle s'écarta légèrement et regarda Olivia d'un air compatissant en lui ramenant une mèche derrière l'oreille, en un geste presque maternel.

— Je ne supportais pas d'être mise à l'écart. Alors, j'ai fait semblant de ne pas connaître la vérité. Il semble que Dimitri tienne de son père. Laissez-lui sa liberté et décidez de la conduite à tenir. Divorcer, ou rester mariée et fermer les yeux.

Olivia la regarda avec désespoir.

— Je ne peux pas vivre sans lui. Ni avec lui, s'il a des aventures. Même une seule. Je ne veux pas passer mes soirées à me demander quand il rentrera, avec qui il est ! Ce serait atroce ! Marina, je dois partir. Aidez-moi, je vous en prie…

— Ah ! Vous voilà !

Les deux femmes sursautèrent en entendant la voix forte de Dimitri. Il les regarda, stupéfait devant le spectacle de leur accolade.

— Qu'est-ce qui se passe ici ?

La bouche d'Olivia se crispa en un pli rectiligne.

— La mise à mort d'un salaud !

Son hostilité sembla le laisser perplexe. En même temps, il arborait un tel air d'innocence qu'Olivia sentit ses genoux trembler. Il ramena en arrière la mèche qui retombait sur son front de manière presque enfantine, et ce geste le rendait terriblement séduisant.

— Mais… je croyais que… nous allions quelque part aujourd'hui ?

— Oh ! Ça tient toujours ? s'enquit-elle, glaciale. Je pensais que tu avais mieux à faire ou d'autres gens à voir ?

Le regard aigu, Dimitri parut réfléchir. Il avait l'air pris au dépourvu, nota Olivia. Et embarrassé. N'était-ce pas la preuve de sa culpabilité ?

— J'y suis ! Le coup de téléphone ! Je suis désolé de t'avoir abandonnée.

Il ébaucha un sourire plein de tendresse et elle se sentit fondre, comme toujours. Mais son esprit restait en proie à une colère incoercible.

— Je suis tout à toi maintenant et nous avons la journée devant nous. As-tu choisi où nous allons ? demanda-t-il.

— Nous n'irons nulle part ensemble. Je quitte cette maison et je sors de ta vie pour de bon ! scanda-t-elle d'une voix glacée.

Dimitri s'alarma aussitôt.

— Tu veux partir ? Il n'en est pas question.

Avec tact, Marina s'excusa et sortit de la pièce. Le corps dangereusement raidi, Dimitri croisa les bras sur son torse.

— Je peux savoir la raison de cette volte-face ?

— Oh ! Avec plaisir ! J'en ai assez, et plus qu'assez, que tu te serves de moi ! s'écria Olivia.

— C'est la nuit dernière qui t'a épuisée ? Je dois dire que tu t'es montrée plus qu'enthousiaste.

— Et alors ? Le fait que je suive mes désirs n'a rien à voir là-dedans ! cria-t-elle.

Dimitri plissa les yeux. Comment pouvait-elle réduire une journée et une nuit mémorables à leurs seules étreintes ? Son cœur se mit à cogner dans sa poitrine, et il prit conscience que cette expérience avait été beaucoup plus profonde pour lui. Quel idiot il était ! Elle ne l'avait jamais aimé. Ne l'avait-elle pas écrit noir sur blanc, d'ailleurs ?

Il serra les poings. Son instinct lui dictait de la punir et de prendre ainsi sa revanche. Il la briserait ; aucune femme ne pouvait le traiter avec autant de mépris !

— Tu n'as pas besoin de me le dire. Je l'avais remarqué ! ironisa-t-il froidement.

Olivia s'empourpra.

— Oh oui, je veux bien reconnaître que tu as tout d'un dieu, de ce point de vue ! Mais de là à t'apprécier ou à accepter ta moralité discutable...

— Une minute ! Qu'est-ce que ma mère t'a dit ?

Car le revirement d'Olivia ne pouvait avoir qu'une seule explication à ses yeux. Il s'approcha et la scruta d'un regard pénétrant.

— Je croyais qu'elle était heureuse que tu restes, du moins pour moi, poursuivit-il. Mais… T'a-t-elle offert de l'argent ?

Indignée, Olivia le gifla de toutes ses forces. Puis elle se figea, terrifiée par la flamme belliqueuse qui luisait dans ses yeux de jais. Contre toute attente, Dimitri l'attira contre lui, la cambra contre lui et l'embrassa passionnément.

Olivia se débattit, luttant à la fois contre lui et contre elle-même, car son corps l'attirait irrésistiblement vers lui, et elle sentait les battements furieux de son cœur. D'une main, il couvrit son sein et la serra davantage. Il la dominait, l'embrasait par ses caresses expertes, odieuses, jusqu'à briser son audace et la soumettre à son pouvoir.

— Tu as envie de moi ! assura-t-il, les dents serrées. Nous allons donc conclure un marché. Dois-je t'offrir plus d'argent pour que tu restes ?

Olivia redressa la tête d'un mouvement brusque et darda sur lui le feu de son regard fabuleusement bleu.

— Tu ne peux ni m'acheter ni me faire chanter ! s'indigna-t-elle. Je ne veux ni l'argent de ta mère ni le tien…

— Tu as bien accepté la pension que je te versais tous les mois, coupa-t-il, cynique.

A ces mots, elle écarquilla les yeux, sidérée.

— Quelle pension ?

— Celle déposée à la banque anglaise où nous avions un compte joint autrefois. Mais peut-être n'était-ce pour toi que de la menue monnaie, répondit-il, cinglant.

— J'ai une autre banque depuis. Si tu as placé des sommes sur notre ancien compte, elles doivent encore y être, intactes. Tous les relevés ont dû arriver à ton appartement de Londres. Tu n'as pas vérifié ?

— J'ai évité cet endroit comme la peste ! Essaies-tu de me dire que tu n'as pas pris un penny de ces sommes ?

— Excellente déduction !

Soudain mal à l'aise, Dimitri ne releva pas ce sarcasme.

— Je pensais…, commença-t-il.

— Je sais ce que tu pensais, répliqua-t-elle. Que je n'en avais qu'après ton argent !

— Ce n'est pas le cas peut-être ?

— Non !

— Comment t'es-tu débrouillée, alors, quand tu es partie d'ici ?

— Je te l'ai dit, répondit-elle en lui jetant un regard furieux, j'ai gagné ma vie. Je n'ai pas besoin qu'un homme m'entretienne. Ça doit t'en dire long sur mes pseudo-tactiques pour m'emparer de ta fortune ! Crois-tu toujours que j'ai accepté de l'argent de ta mère ?

Visiblement surpris, il se tâta la joue où traînait encore la marque de sa gifle.

— J'ai mérité cela, on dirait, convint-il d'une voix sourde. Mes excuses. Mais cela ne m'explique pas pourquoi tu es si déterminée à fuir. Pas plus tard que la nuit dernière, tu semblais disposée à t'amuser avec moi pour une période indéterminée…

— Maintenant, je veux rentrer chez moi, déclara-t-elle sans oser avouer que son « libertinage » la blessait.

— Tu essaies de m'extorquer une pension plus substantielle, c'est ça ? Je sais, reprit-il en voyant qu'elle était sur le point de protester. Tu n'as pas touché à l'argent que je te versais jusque-là ; mais c'est parce que tu ignorais qu'il était à ta disposition. Ton avocat a déjà accepté une somme conséquente en ton nom et tu veux plus…

— Je n'en veux pas ! glapit-elle.

Dimitri haussa les sourcils en signe de surprise.

— Vraiment ? Eh bien ! Appelle-le. Je suis sûr que tu bluffes, Olivia.

— Je n'ai aucune idée de l'heure qu'il est là-bas…

— Oh, quelle excuse ! railla-t-il.

— Très bien.

Les yeux étincelants, elle s'empara du téléphone qui se trouvait à proximité et appela Paul.

— C'est lui qui te force à faire ça ! protesta Paul, quand elle l'eut mis au courant. Olivia, s'il t'a séduite dans le seul but de…

— J'en ai assez d'être traitée comme une débauchée, répliqua-t-elle. Je ne veux plus entendre parler de lui ou de quoi que ce soit le concernant. Tout ce qui porte le nom d'Angelaki est pour moi synonyme de « poison » !

Sur quoi, elle reposa violemment le combiné.

— Satisfait ? lança-t-elle à l'adresse de Dimitri. Tu ne peux plus m'accuser de t'avoir épousé pour ton argent maintenant. Ou de vouloir divorcer pour les mêmes raisons.

— Pourquoi m'as-tu épousé, alors ? jeta-t-il avec colère.

— Si tu ne le sais pas, je ne vais pas me tuer à te l'expliquer ! s'écria-t-elle, hors d'elle.

Il devint brusquement très calme et ses yeux cherchèrent les siens.

— L'amour ?

A la façon dont il prononça ce mot, elle se mit à trembler. Il enveloppait ces syllabes d'une telle tendresse qu'elle crut que son cœur allait exploser.

— L'amour, acquiesça-t-elle, la mine lugubre. C'est terrible quand il meurt…

Ainsi, c'était ça. Elle l'avait aimé autrefois — peut-être les premiers jours de leur relation. Puis une fois mariée, elle avait

124

commencé à s'impatienter et l'avait quitté. Pourquoi lui avait-elle donné récemment l'impression que leur amour renaissait ? Elle allait le regretter !

Elle avait l'air vulnérable soudain, avec ses longs cils qui effleuraient ses pommettes. Le pli chagrin de sa bouche lui donna envie de l'embrasser jusqu'à ce qu'elle sourît. Se ressaisissant, il maugréa :

— Cela ne nous mène nulle part. Il se trouve que tu ne peux pas partir. Ce serait revenir sur ta promesse.

— Je n'ai pas promis de vivre ici !

— Non, tu as consenti seulement à faire semblant d'être amoureuse de moi jusqu'à ce qu'Eleni renonce à m'épouser. Or, les amoureux ne vivent pas séparés, surtout quand ils sont mariés et tentent de remettre leur mariage à flot.

Olivia déglutit avec peine. Il était impitoyable et déterminé — la raideur de son maintien et l'éclat dur de ses yeux de jais l'attestaient. Il voulait qu'elle reste pour flatter son ego, au lit et ailleurs, tandis qu'elle était torturée à petit feu !

— Tu ne me forceras pas à aller jusque-là ! s'écria-t-elle, affolée. Je ne supporte pas d'être près de toi !

Un éclair d'avertissement passa dans les prunelles de Dimitri, puis il lui agrippa les épaules comme s'il allait la broyer.

— Fais-le. Si tu veux en finir avec cette mascarade de mariage, c'est le seul moyen.

— Je ne peux plus jouer cette comédie ! Je me sens malade à l'idée que tu vas me toucher...

— Dans ce cas, dit-il, effrayant de colère, laisse-moi te féliciter pour ta prestation jusqu'à maintenant. Tu as bien failli me convaincre que tu appréciais chaque seconde de ce rôle.

— Laisse-moi partir. Je t'en prie, Dimitri ! plaida-t-elle.

— Rien ne me ferait plus plaisir. Seulement une promesse est une promesse. Je vais te faciliter la tâche cependant. Tu continues de vivre ici. Nous partirons en balade et nous reviendrons ensemble. Eleni découvrira bientôt que nous sommes rarement séparés…

— Je ne dormirai pas avec toi !

— Je ne me souviens pas que nous dormions beaucoup auparavant, déclara-t-il, ironique. Mais je suis d'accord. Tu coucheras dans ma chambre afin de sauver les apparences, et j'irai ailleurs…

— Où ? demanda-t-elle en songeant à Athéna.

— N'importe où. Qu'est-ce que ça change ? Si tu acceptes ces conditions, je demande à mes avocats de régler la procédure en un temps record. Tu seras bientôt libre. Et moi, débarrassé de toi, conclut-il très bas.

Olivia leva vers lui un visage hagard. Une fois de plus, il la piégeait, créant une situation inextricable.

— Je n'ai pas le choix, murmura-t-elle.

Sur quoi, elle se rua hors de la pièce avant d'éclater en sanglots.

9.

Le hors-bord filait sur la mer émeraude, s'éloignant du village où Olivia avait trouvé, puis perdu le bonheur. Pour la deuxième fois. Les maisons blanches s'estompèrent contre le vert sombre des oliveraies et, bientôt, le port lui-même fut hors de vue.

Quel contraste entre ce qu'elle ressentait maintenant et ses sentiments de la veille ! pensa-t-elle douloureusement.

Elle eut un élan de compassion pour Eleni qui les avait vus partir depuis la baie vitrée du salon. Car elle connaissait trop bien le chagrin horrible, destructeur, qui devait la broyer. Elle regrettait d'avoir à la duper. Il fallait mettre un terme au plus tôt à toute cette histoire !

Ils mirent le cap sur une petite plage bordée de tamariniers où ils avaient passé tant d'heures heureuses autrefois. Mais Olivia refusa de s'attarder sur ces souvenirs. A quoi bon ? Ce bonheur-là avait été un leurre.

Dimitri arrêta le moteur et laissa le bateau dériver vers la plage. Un instant, elle fixa ses muscles saillants, tandis qu'il sautait dans l'eau pour hisser l'embarcation sur le sable. Puis elle détourna les yeux vers les îles, au loin, afin de ne plus songer à lui. Les jours heureux étaient finis.

— Prends ma main.

Tant de fois, ils avaient fait ce geste. Elle atterrissait entre ses bras forts ; puis ils s'embrassaient, et se murmuraient des mots d'amour dans les vagues qui venaient s'échouer autour d'eux.

— Non !

— Elle peut nous voir d'ici, insista Dimitri, en désignant d'un hochement de tête le promontoire.

Olivia aperçut distinctement la villa là-haut, au-dessus des arbres du parc.

— Vas-tu prendre ma main, oui ou non ?

Elle obtempéra de mauvaise grâce. Et tout à coup, sans trop savoir comment, elle tomba dans l'eau, entraînant Dimitri avec elle. Ils émergèrent en toussant. Les bras de son compagnon la retenaient solidement. Trop sans doute, car durant un fol instant, elle chercha sa bouche d'instinct.

— Excellent, approuva-t-il d'une voix aigre avant de l'embrasser avidement.

Olivia se débattit dans les vagues qui les submergeaient.

— Ça ira comme ça ! décréta-t-elle.

— Garce !

Brusquement, il la relâcha, posant seulement ses mains sur ses hanches pour la remettre sur pied. Olivia étudia son visage ruisselant, le pli dur de sa bouche, l'étincelle noire qui couvait dans ses yeux. Jamais elle ne l'avait vu si près de perdre ses esprits.

En titubant, elle parvint à la plage et tordit ses cheveux mouillés. Qu'allait-il faire maintenant ? Exiger d'elle un numéro passionné… Jusqu'où pousserait-il le jeu cette fois ? Brusquement, elle se sentit incapable de rester là une journée entière sachant qu'on les observait depuis la villa.

— Je refuse de rester ici pendant que tu joues à me faire des avances et qu'Eleni nous regarde, décréta-t-elle d'un air buté. Je ne suis pas une pièce de musée qu'on exhibe et il n'est pas question que tu me tripotes ! Emmène-moi ailleurs.

Avec un grognement irrité, Dimitri s'essuya le visage.

— Où, alors ?

— Je n'en sais rien. N'importe où, ce sera toujours l'enfer !

— Si tu crois que ça me renseigne !

— Puisque nous devons nous rendre quelque part ensemble, j'aimerais autant aller dans les collines. Je m'assiérai sur un flanc du coteau et toi sur l'autre, hors de ma vue !

— Tu as raison. Remonte dans le bateau. Nous retournons à la maison pour nous changer — et changer de destination.

Olivia obéit en silence. Dans une tension extrême, ils rentrèrent au port.

— Regarde-moi, ordonna Dimitri en l'aidant à mettre pied à terre.

— Non !

D'un geste véhément, il lui saisit les bras et vrilla son regard dans ses yeux révulsés.

— Encore quelques minutes à minauder, insista-t-il. Pour la galerie. Mets ta tête sur mon épaule pendant que nous revenons vers la maison. Et ne va surtout pas croire que j'aime ça ! J'ai fini par découvrir ce que tu es, Olivia : une sale intrigante au cœur de glace qui ne cherche qu'à se satisfaire !

— Et toi, un tyran fanfaron qui n'a aucune idée de l'amour et qui s'emploie à trahir et à blesser les femmes !

Son bras lui enserra la taille. D'une démarche raide, ils remontèrent la petite route. Pour Olivia, ce trajet fut un véritable cauchemar.

A son grand soulagement, on leur apprit à la villa qu'Eleni était sortie avec un jeune homme, venu la chercher en voiture de sport. Peut-être leur ruse fonctionnait-elle après tout, se dit-elle. C'était du moins ce qu'elle espérait.

Une fois dans la chambre, elle changea son short et son T-shirt mouillés pour une robe bleue, et rejoignit Dimitri devant le garage.

— Je me demande si cette excursion stupide est vraiment nécessaire ! dit-elle avec hauteur.

— J'aurais préféré m'en passer. J'aimerais mieux traiter la montagne de courrier qui m'attend dans mon bureau ! Monte.

Vêtu d'un jean et d'un T-shirt, il arborait un air glacial, mais quand, au moment d'ouvrir la portière du côté passager, leurs doigts se frôlèrent, Olivia constata que sa peau était brûlante. Vivement, elle s'engouffra dans l'habitacle.

Dimitri roulait avec une détermination farouche en direction des montagnes. Au désespoir, Olivia regardait par la vitre, notant à peine le paysage émaillé de temples classiques, de minuscules églises à coupole et de villages enfouis. Bientôt cependant, ils furent forcés de s'arrêter ; un troupeau de chèvres bloquait le passage.

— La santé avec vous, salua Dimitri en s'adressant aux hommes qui rassemblaient les bêtes.

Ils leur sourirent et les saluèrent aimablement en retour. Tout le monde l'aimait et l'admirait, pensa Olivia, écœurée. Or, ce type était un ingrat, doublé d'un simulateur !

La voiture avançait à une allure réduite, à présent, et elle avait envie de crier.

— Où allons-nous ? demanda-t-elle du bout des lèvres.

— Je n'en sais rien. Je conduis pour tuer le temps. Si tu as une idée, fais-moi signe, répondit-il d'un ton cinglant.

— N'importe quelle colline fera l'affaire, marmonna-t-elle.

Il alluma l'autoradio. Les accents d'une chanson d'amour triste s'élevèrent dans le silence glacial. Olivia ferma les yeux pour refouler ses larmes. Incapable de supporter davantage le tiraillement douloureux de ses émotions, elle éteignit la radio et se renfonça dans son siège d'un air malheureux.

Dimitri lui jeta un coup d'œil et le regretta aussitôt, en remarquant ses cils bordés de larmes et la trace luisante sur sa joue.

Pourquoi son chagrin le touchait-il ? Il n'en avait aucune idée. Toujours est-il qu'il en était bouleversé et qu'il avait envie de la prendre dans ses bras et de la consoler, de lui dire que tout irait bien. Alors qu'il était parfaitement conscient que dans quelques jours, ils se quitteraient pour toujours.

Qu'advenait-il de sa vengeance ? Il avait eu l'intention de la soumettre, de la pousser à le désirer, à le supplier. Ensuite, il l'aurait rejetée, afin qu'elle connaisse le sort cruel qui avait été le sien. Mais il ne pouvait s'y résoudre, à présent. Ses sentiments étaient trop à vif, ses émotions trop confuses. Elle le détruisait lentement, et son instinct lui dictait de mettre fin à cette comédie grotesque qu'ils avaient accepté de jouer.

— Olivia, commença-t-il d'une voix enrouée.

Un mouvement flou lui apprit qu'elle détournait la tête. Repérant rapidement l'endroit où ils se trouvaient, il bifurqua dans un chemin creux.

Il devait élaborer une stratégie pour en finir avec ce mariage au plus vite et avec le moins de dégâts possibles, se dit-il. Nikos présentait déjà des jeunes gens respectables à Eleni et, apparemment, elle avait des rendez-vous tous les soirs de la semaine. Bientôt, elle ne serait plus en travers de sa route. Oui, il pouvait risquer de mettre Olivia dans l'avion dès ce soir.

Comme cette pensée pénétrait sa conscience, il ressentit une douleur aiguë dans la poitrine et son cerveau sembla exploser. Il freina brutalement dans un hurlement de pneus.

— Ça ne va pas, non ? hurla Olivia. Qu'est-ce que tu fabriques, bon sang ? Tu as failli me briser les côtes !

Il se tourna vers elle, hébété. Dans sa colère, elle était incroyablement belle. Ses yeux bleus, immenses, brillaient d'un éclat sauvage ; de petites taches de rousseur parsemaient son nez fin et ses pommettes délicates. Ses traits dorés étaient à couper le souffle, et il leva une main vers ce visage superbe, avant de se rendre compte de son geste.

— Ne me touche surtout pas ! explosa-t-elle en écartant son bras sans ménagement. Tu ferais mieux de m'expliquer la raison de cet arrêt d'urgence !

Dimitri sentit une pulsation brûlante dans son bas-ventre et il dut détourner les yeux. Il avait besoin de réfléchir, de lui parler, de lui soumettre une incroyable suggestion. Le risque que sa fierté en pâtisse était immense, mais… S'il ne tentait rien, jamais il ne se le pardonnerait.

— Je suis désolé. J'avais une idée, répondit-il, la bouche sèche.

— Espérons qu'elle concerne notre séparation imminente.

Croisant les bras, elle attendit qu'il reprît la route.

Au bout d'un long moment, Dimitri se décida à actionner le levier de vitesses. Ce faisant, il admira la longue jambe fine et dorée, toute proche, et il sut alors qu'il ferait n'importe quoi pour garder sa femme.

Elle dut sentir la brûlure de son regard, car elle rajusta sa robe.

— N'y pense même pas, l'avertit-elle sèchement.

Sans un mot, il conduisit jusqu'au bout du chemin cahoteux.

— Je pense que nous devrions parler, annonça-t-il en garant la voiture.

— Vraiment ? Primo, je n'ai pas confiance en toi. Secundo, c'est un peu tard pour cela. Tertio, je n'ai rien à te dire !

— Moi, si. Et je crois que je vais te surprendre.

— Eh bien, surprends-toi tout seul ! lança-t-elle en ouvrant la portière. Je vais me promener.

A contempler sa démarche souple et féminine, Dimitri faillit s'étrangler d'émotion. Elle avançait fièrement, le port de tête un peu trop altier sur son cou gracile, ses cheveux blonds voletant dans la brise. Le mouvement vif de ses bras, ses pas saccadés avaient une grâce presque puérile. Rien qu'à ce détail, il sentit son cœur chavirer. Il n'y avait aucune femme comparable à Olivia. Tout en suivant des yeux sa silhouette résolue, il se prépara mentalement à tout faire pour la persuader de rester.

Une fois au sommet de la colline, Olivia s'aperçut qu'elle dominait un petit théâtre qui ressemblait à celui d'Epidaure, malgré ses seuls dix gradins en marbre. Il était envahi par les broussailles et les fleurs sauvages, à l'exception de la scène, qui était intacte.

Déterminée à passer le temps jusqu'à l'heure de retourner à la villa, elle se mit à marcher le long du gradin supérieur, fermant son esprit aux pensées qui la taraudaient. Ses pas dérangeaient des lézards colorés qui, en fuyant, donnaient l'impression de zébrures étincelantes et floues sous le soleil éclatant. Sur son passage, les buissons de thym et de sauge dégageaient des parfums puissants.

Son cœur se serra. Elle allait regretter ce pays où tout avait été si parfait : Dimitri, l'amour qu'elle avait cru partager avec lui, le ciel d'un bleu intense, le climat et les fabuleux panoramas chargés d'histoire. Il lui restait peut-être un jour ou deux à passer ici, puis elle rentrerait en Angleterre. Loin de lui…

Une douleur fulgurante étreignit son cœur meurtri et elle dut s'asseoir sur le marbre froid.

— Je veux que tu m'écoutes, Olivia.

Elle écarquilla les yeux, se demandant d'où venait la voix. Dimitri se trouvait au milieu de la scène en contrebas, comme en ce jour fatal à Epidaure où il lui avait murmuré qu'il l'aimait. Ici aussi, l'acoustique était parfaite. Bien qu'il parlât doucement, elle distinguait chaque mot.

Elle le fixa froidement. Rien de ce qu'il dirait ne pourrait l'affecter. Plus maintenant.

— Peu importe que tu ne m'aimes pas, déclara-t-il, le visage levé vers elle. La vérité, c'est que…

Il soupira et écarta les mains dans un geste désemparé. Olivia se raidit. On aurait dit qu'il l'implorait.

— Je ne crois pas que je pourrais supporter que tu partes encore…

Menteur ! La rage et la douleur la firent chanceler et elle détourna vivement les yeux. Qu'est-ce que ça signifiait ? Allait-il la supplier de s'offrir à lui juste pour une demi-heure ? Elle aurait voulu le laisser là, à déclamer ses mensonges, mais elle se sentait soudain exténuée. Qu'il continue son boniment ! Pour ce que cela changeait !

— … Et quand j'ai compris que tu allais me quitter dans un jour ou deux, je…

Quel acteur ! pensa-t-elle en reportant son attention sur lui pour voir quelle attitude pathétique il adoptait maintenant. La tête baissée, il s'éclaircissait la gorge. Pour un peu, elle aurait été convaincue de sa réelle détresse. Surtout quand il redressa la tête.

Même d'où elle se trouvait, elle remarquait que ses yeux étaient un peu trop brillants. Elle sentit son cœur manquer un battement puis, très vite, elle recouvra son bon sens et la colère l'emplit tout entière. Le regard dur, elle décida de l'écouter pérorer. Jusqu'où Dimitri Angelaki était-il capable d'aller pour obtenir ce qu'il voulait ?

— C'est vrai, Olivia. Je ne peux pas vivre sans toi ! s'écria-t-il d'une voix rauque. Fais ce que tu veux ici, vis où tu le désires, du moment que ce n'est pas trop loin de moi. Et laisse-moi te voir de temps en temps et te prouver que…

Son torse se souleva et elle perçut le sifflement de sa respiration.

— Olivia ! Je t'aime plus fort encore que je ne l'imaginais. Je t'ai toujours aimée. Laisse-moi t'aimer et prendre soin de toi.

Sur quoi, il se laissa tomber à genoux dans la poussière. Elle le contempla, de plus en plus fascinée.

— Je t'aime vraiment. Tu es dans toutes les fibres de mon corps, dans chacune de mes pensées. Je veux que tu sois la mère de mes enfants…

Incapable d'en supporter davantage, Olivia se leva d'un bond et se mit à courir vers la voiture. C'était trop tard, pensa-t-elle douloureusement. Il faisait son baratin au mauvais moment !

Oubliant les ornières du sentier, elle trébucha soudain et ne put éviter la chute. Sa tête heurta un rocher et elle poussa un cri, puis resta étendue, immobile, brisée moralement par la comédie cruelle que Dimitri venait de jouer. Et tout à coup, il fut là, la retournant délicatement et la gardant entre ses bras.

— Fiche-moi la paix ! gémit-elle en le frappant faiblement de ses poings.

— Tu es blessée, murmura-t-il, haletant.

Du doigt, il lui tâta doucement le front et elle grimaça. Puis, voyant son visage ravagé par l'inquiétude penché au-dessus d'elle, elle fronça les sourcils. Pourquoi avait-il cet air pathétique ? Quel orgueil nourrissait cet homme ! Mais elle ne lui avait rien demandé…

— D'autres blessures ? s'enquit-il d'une voix sourde.

« Oui, celle du cœur, broyé à jamais ! » voulut-elle répondre. Mais comme il massait doucement ses coudes et ses poignets couverts de poussière, elle se mordit la lèvre pour réprimer un sanglot pitoyable. C'était la douceur et l'inquiétude inscrites sur les traits de Dimitri qui la faisaient souffrir, à présent.

— Je veux rentrer, déclara-t-elle d'une voix terne. Et arrêter ce jeu. J'ai atteint mes limites.

— Bien sûr.

Il déglutit et la contempla comme si son univers venait de s'écrouler.

— Je t'aime, Olivia, déclara-t-il dans un hoquet.

Elle détourna la tête, le regard perdu au loin. Mentalement, elle quittait déjà les beautés de la Grèce, et ce Grec-là en particulier.

Au bout d'un moment, il lui prit les mains et l'aida à se relever.

— Il y a une trousse d'urgence dans la voiture, dit-il.

Lui retirant vivement son bras, elle se rassit sur le chemin. Quand il revint avec la trousse de secours, elle choisit une crème au calendula et s'en tamponna le front. Un silence écrasant les enveloppait. Pourquoi restait-il planté là ? se demanda-t-elle, irritée. Elle leva les yeux sur lui… et cessa de respirer.

Il était pâle comme la mort. Ses traits avaient perdu toute vitalité et sa peau avait revêtu un masque grisâtre. Ses yeux aussi semblaient éteints ; ils étaient d'une couleur indéfinissable. Enfin, sa bouche était affaissée. Il avait un air de spectre et elle eut envie de pleurer.

— Conduis, commanda-t-il.

Sur quoi, il regagna la voiture et se laissa tomber sur le siège passager. Abasourdie par son état d'inertie, elle se leva pour le rejoindre. Pourquoi était-il si mal ? Craignait-il que le mariage avec Eleni fût inévitable, maintenant ?

Ce fut seulement quand ils remontèrent l'allée de la villa qu'il reprit la parole.

— Je vais m'arranger pour que tu prennes l'avion ce soir, déclara-t-il d'une voix étranglée. Mon jet est à Paris. Il faudra prendre un vol commercial.

— Très bien.

Anéantie, Olivia sortit maladroitement de la voiture et à sa grande surprise, Dimitri se glissa immédiatement derrière le volant.

— Où vas-tu ? bafouilla-t-elle, alarmée à l'idée qu'il allait conduire dans cet état.

136

— Je ne pense pas que cela te regarde, répondit-il d'une voix lasse, avant d'appuyer brutalement sur l'accélérateur.

Elle le regarda partir avec consternation. Alors, dans un éclair de lucidité, elle sut où il se rendait. Chez Athéna, la mère de son enfant, celle qui était restée à son côté durant toutes ces années.

Ivre de colère soudain, Olivia sortit de sa poche les clés de la voiture qu'il lui avait prêtée et fonça vers les garages.

Dire que tout le temps qu'il lui avait chanté cette sérénade à l'ancien théâtre, il avait eu l'intention de retrouver sa maîtresse !

Il n'y avait qu'une solution : la confrontation ! décréta-t-elle en agrippant le volant comme une bouée de sauvetage. Elle irait jusqu'à la maison d'Athéna. Et là, Dimitri serait forcé d'avouer que sa belle déclaration d'amour n'était qu'un tissu de mensonges !

10.

Athéna lui caressait le front, mais ses doigts délicats ne parvenaient pas à atténuer les profonds sillons qui y étaient creusés. Dimitri sentait que sa souffrance était trop forte, inaccessible.

Elle avait retenu une exclamation quand elle lui avait ouvert la porte et qu'il était entré en titubant. En apercevant son reflet dans le miroir, il avait compris pourquoi elle avait eu l'air atterrée.

L'amour et Olivia l'avaient anéanti.

Il s'était assis, apathique, aux pieds d'Athéna, dans le jardin qui surplombait la baie de Selonda. Elle avait servi deux verres de vin qu'ils avaient oubliés, et le petit Théo jouait joyeusement avec ses voitures miniatures.

Chaleureuse et tendre comme toujours, la jeune femme ne posait pas de questions. Elle attendait qu'il veuille bien parler, mais il ne savait par où commencer. Sa vie lui semblait désespérément vide, sans intérêt. Il aurait fait n'importe quoi pour Olivia, il lui aurait tout donné. Et elle l'avait rejeté.

Las de chercher à exprimer ses émotions, il renversa la tête contre les genoux d'Athéna et ferma les yeux. Mais il voyait toujours Olivia. Et il risquait de la voir longtemps encore…

Doucement, les doigts d'Athena lui caressaient le visage. Puis brusquement, ils s'immobilisèrent.

Ouvrant les yeux, Dimitri crut qu'il était victime d'une hallucination. Olivia était là ! Non, c'était impossible…, pensa-t-il en clignant furieusement des paupières. Elle ignorait où Athéna habitait et qu'il avait eu l'intention de se rendre chez elle. Pourtant, il ne rêvait pas : elle se tenait bel et bien devant le petit portail au bout du jardin. D'un geste véhément, elle l'ouvrit et marcha droit sur eux, le visage déterminé, les cheveux flottant derrière elle en vagues dorées.

— Quelle jolie scène ! lança-t-elle d'un air méprisant. Et tu prétends m'aimer ?

— Oui…

— Ma parole, Dimitri, tu vis dans un monde de chimères ! Sois réaliste. Tu ne peux pas prétendre aimer une femme, quand cinq minutes plus tard, tu cours vers une autre pour lui offrir ton amour éternel ! De deux choses l'une : ou tu es l'individu le plus vil que je connaisse, ou tu as besoin d'un psychiatre !

— Je n'ai aucun problème de ce genre. Je t'aime. C'est aussi simple que ça, déclara-t-il d'une voix rauque.

Olivia se figea sous le choc. Son regard navigua d'Athéna à Dimitri.

— Tu oses le dire devant elle ? Je ne comprends pas comment les femmes de ce pays acceptent l'infidélité.

— Elles ne l'acceptent pas, répondit doucement Athéna. Qu'essayez-vous de dire par là, Olivia ?

En entendant la voix douce de l'autre femme, Olivia sentit l'émotion la gagner.

— Je l'aimais ! cria-t-elle d'une voix vibrante de sanglots. Il était tout, pour moi ! Quand je l'ai revu, à mon retour en Grèce, j'ai su qu'il en serait toujours ainsi ! Puis il s'est mis à me mentir, à faire semblant de s'intéresser à moi, alors que tout ce temps, il me trompait avec une autre. Je ne peux pas le supporter !

Se tournant vers Dimitri, elle poursuivit :

— Tu m'as brisé le cœur ! J'espère que tu seras terriblement malheureux et qu'une femme te blessera autant que tu me fais souffrir, espèce de salaud !...

Sur ces mots, Olivia s'effondra dans un torrent de larmes. Athéna se précipita vers elle et la conduisit à l'intérieur de la maison, en agitant frénétiquement la main pour empêcher Dimitri de les suivre.

— Voici la salle de bains, indiqua-t-elle à Olivia. Vous pouvez vous rafraîchir et ensuite, nous parlerons. Dimitri n'est pas le genre d'homme que vous croyez...

— Vous aussi, vous vous êtes laissé prendre aux apparences !

Olivia ouvrit le robinet d'un geste brusque et croisa le regard d'Athéna dans le miroir. Elle était plus âgée qu'elle ne paraissait, vue de loin...

Quarante-cinq ans, peut-être, avec quelques cheveux gris...

Probablement fantastique au lit néanmoins, pensa-t-elle avec amertume.

Elle se tamponna le visage et remarqua alors une photo d'Athéna avec Dimitri. Non, ce n'était pas lui...

Vivement, elle s'approcha de la photographie encadrée. Elle montrait Athéna et *le père de Dimitri*, Théo... Stupéfaite, elle jeta un regard autour d'elle. Sur une étagère, il y avait un autre cliché de Théo, souriant d'un air rêveur.

Elle entra dans la chambre contiguë et déglutit avec peine. Il y avait des photos partout. Théo riant sur une plage, Théo...

Les yeux démesurément agrandis, elle pivota vers Athéna.

— Le père de Dimitri ? s'enquit-elle dans un souffle.

— Oui, Théo ; mon amour, répondit-elle en caressant affectueusement l'une des photos.

C'en fut trop pour Olivia. Elle sortit de la maison et fit face à Dimitri. L'air tendu, il se tenait près d'une table de jardin, un

140

verre à la main. Quand il l'aperçut, une expression prudente imprégna ses traits.

— Qui est le père de cet enfant ? demanda-t-elle.

— Je ne peux pas te répondre.

— Je le ferai, moi, intervint Athéna. C'est le fils de Théo. Mais Marina ne doit jamais connaître la vérité. Nous ne voulons pas la blesser. J'espère que vous n'allez pas lui révéler notre secret. Ce serait trop cruel.

Ebranlée, Olivia vacilla. La moralité de Dimitri était encore plus vile qu'elle ne l'imaginait !

— Je ne vous crois ni l'un ni l'autre. Est-ce une tradition grecque de prendre la maîtresse de son père ? s'enquit-elle avec colère.

Dimitri écarquilla les yeux. Puis lentement, un sourire éclaira son visage et il se mit à rire, bientôt imité par Athéna. Accablée par leur complicité éloquente, Olivia se laissa tomber sur un siège. Comment osaient-ils se moquer d'elle ?

Dimitri se ressaisit le premier, ému de la voir si blessée et si loin de la vérité.

— Athéna n'est pas ma maîtresse…

— Je vous ai vus ! murmura Olivia, les yeux fous de chagrin. Elle était sur le point d'accoucher et tu l'aidais à monter en voiture…

— Oh ! Mon Dieu ! C'est donc ça ? Comment diable nous as-tu trouvés ?

— Ta mère… m'a conduite jusqu'ici, répondit Olivia, la voix tendue à se briser.

— Ma mère ?

Il regarda Athena qui le dévisagea avec la même consternation.

— Exactement, confirma Olivia d'un air de défi. Depuis le jour où je l'ai rencontrée, il y a des années, elle n'a cessé de me répéter que tu avais une maîtresse. J'ai fini par avoir des soupçons à cause de tes mystérieux coups de téléphone. Elle m'a proposé de me conduire jusqu'à la maison de ta maîtresse.

— Et c'est ce jour-là que tu es partie… ?

— Evidemment ! s'exclama-t-elle en frappant son poing contre la pierre dure.

Elle grimaça, et il voulut prendre sa main blessée dans la sienne, mais elle lui lança un regard si furieux qu'il se ravisa.

— Olivia, dit-il doucement, le cœur débordant d'amour et de regrets. Pourquoi ne m'as-tu pas dit ce que tu avais vu ? J'aurais pu t'expliquer…

— Je ne t'aurais pas cru ! Tu étais si prévenant, si… si gentil envers elle qu'il était évident qu'elle était la mère de ton enfant… Mais… Si c'est l'enfant de Théo. Alors, je… Je ne comprends plus.

— Je vous assure qu'il est le fils de Théo, déclara Athéna. Je n'ai jamais aimé d'autre homme de ma vie. Si vous alliez tirer les choses au clair tous les deux, un peu à l'écart ?

Car le petit Théo avait couru vers sa mère et s'accrochait à ses jambes, d'un air craintif.

Horriblement confuse, Olivia se leva vivement.

— Oh ! Je suis désolée ! Je ne voulais pas bouleverser votre petit garçon…

— Ce n'est rien, répondit Athéna avec un sourire affectueux qui la désarçonna. Allez-y. Et dis-lui tout, Dimitri. Absolument tout.

Elle prit son fils dans ses bras et le berça tendrement. Dimitri s'approcha et se mit à chatouiller l'enfant jusqu'à ce qu'il rît aux éclats. Puis il reporta son attention sur Olivia.

— Nous avons tant de choses à nous dire, déclara-t-il gravement. Veux-tu me faire confiance et m'accorder une heure ?

Quand elle hocha la tête en signe d'approbation, il eut l'impression qu'elle venait de le gracier de la peine capitale. Il la conduisit jusqu'aux ruines du temple dédié à Aphrodite qui dominait la mer.

— Je commencerai par te parler d'Athéna, dit-il en l'invitant à s'asseoir sur le socle d'une colonne, parmi les fleurs sauvages. Elle vient du village de mon père. Ils se connaissaient depuis l'enfance.

— Mais il avait tort de l'aimer, objecta Olivia. Il était marié !

Dimitri soupira.

— Seulement par devoir.

— Que veux-tu dire ? demanda-t-elle, sa curiosité soudain aiguisée.

— Initialement, il fréquentait Marina. Mais elle était un peu trop possessive et il a décidé de rompre. Il avait bu ce soir-là, pour se donner du courage, et ma mère, devinant ses intentions, l'a séduit. Quand il a commencé à faire la cour à Athéna, ma mère lui a révélé qu'elle était enceinte.

— De toi ? s'exclama Olivia, stupéfaite.

— Oui. Etant un homme d'honneur, mon père a épousé la mère de son enfant.

— Que c'est triste…

— Ma mère l'a payé cher aussi, continua Dimitri. Mon père n'a jamais cessé d'aimer Athéna. Quand son mariage lui pesait trop, il allait vers elle et elle le consolait. Ils s'adoraient et étaient heureux ensemble. Tu l'as vue, Olivia. C'est une femme douce et aimante, involontairement mêlée à la vie d'un homme marié. Elle ne voulait pas que mon père demande le divorce. Elle a courageusement accepté ce sort, n'exigeant rien de plus. J'ai promis à mon père, sur son lit de mort, de la protéger.

Très raide à présent, ses beaux yeux fixés sur lui avec intensité, Olivia tentait de démêler cette incroyable histoire.

— Ce jour-là sur le bateau, puis au théâtre d'Epidaure, où tu m'as dit que tu m'aimais, tu as reçu plusieurs appels mystérieux…

Il acquiesça.

— Athéna a été conduite d'urgence à l'hôpital pour des contractions. En fait, c'était une fausse alerte et je la taquinais, disant qu'elle n'était qu'une comédienne. Mais le lendemain, ses douleurs étaient bien réelles. C'est ce jour-là que tu nous a vus et que le petit Théo est né.

Il sourit affectueusement en pensant à son demi-frère.

— Olivia, elle était seule et avait perdu l'homme qu'elle aimait le plus au monde. Elle avait besoin de mon soutien…

— Bien sûr. Mais pourquoi ne m'as-tu rien dit ? lui reprocha-t-elle d'un air malheureux.

— Elle m'avait fait promettre de n'en parler à personne, avoua-t-il. Ma mère m'a accusé une fois d'être l'amant d'Athéna. Je pense qu'elle avait vu ma voiture garée devant chez elle un jour. Je n'ai rien répondu, pour ne pas la blesser. Tu comprends ?

Il vit qu'elle s'était mise à trembler.

— Oh ! Dimitri, j'étais si certaine…, gémit-elle, avant d'enfouir son visage entre ses mains.

Au bout d'un instant, elle se redressa et il sut que ses doutes subsistaient.

— Je ne sais pas si je dois te croire, lança-t-elle, les yeux brillantd'un feu sauvage. Tu as dit… que notre couple était seulement basé sur le sexe !

— Pas en ce qui me concerne. Je parlais de toi. Il me semblait que c'était tout ce que ce mariage représentait pour toi, dit-il, blessé.

— C'est faux ! protesta-t-elle, indignée. Je t'aime depuis notre première rencontre. Je t'ai toujours aimé, Dimitri !

Il ne demandait qu'à le croire. Pourtant, il était toujours possible qu'elle s'accommodât de son amour afin de profiter d'une vie confortable. Ne lui avait-elle pas dit sur tous les tons qu'il n'était plus rien pour elle ?

— Je veux entendre la vérité, cette fois, Olivia. Plus de mensonges, plus de faux semblants. Tu oublies ce mot d'adieu que tu as laissé, lui rappela-t-il, crispé. Tu as écrit que lorsqu'il n'y avait pas d'amour dans un mariage, c'était une erreur de le poursuivre. Ces mots sont encore gravés dans mon cœur.

Sa voix tremblait, mais il s'en moquait. Il mettait son cœur à nu, conscient de jouer sa dernière carte.

A cet instant, les doigts d'Olivia glissèrent vers lui et un fol espoir pulsa dans ses veines. Il osa la regarder, tâchant de ne pas se laisser prendre à la tendresse qu'il lisait dans ses yeux ensorceleurs.

— Dimitri, en écrivant ces lignes, je ne parlais pas de l'amour que *je* te portais, mais du tien. Ce message me semblait clair sur le moment, mais à présent je m'aperçois qu'il était ambigu. Je croyais que c'était Athéna que tu aimais. Je ne pouvais avoir confiance en toi et cela me gâchait la vie.

— Tu as eu tort de douter de moi, dit-il gravement.

— J'aimerais tellement que ce soit vrai ! Je refuse de partager l'homme que j'aime. Tu dois me croire, Dimitri. Quoi qu'il advienne entre nous, quoi que nous décidions de faire, il faut que tu sois certain d'une chose : je t'aime de toutes mes forces. Tu ne le vois donc pas ?

Ce fut au tour de Dimitri d'hésiter. A cause des doutes qui le rongeaient encore.

— Quand nous étions mariés, tu semblais si distante, parfois. Quand je rentrais de voyage, nous nous aimions follement, puis tu restais silencieuse, presque réticente…

— J'étais trop seule, expliqua-t-elle douloureusement. Je ne faisais rien d'autre que visiter le pays et faire du shopping. Je n'avais aucun but dans la vie, en dehors de mon rôle d'épouse. Bien que ce fût merveilleux, ce n'était pas suffisant.

Le bras de Dimitri lui entoura les épaules.

— Je suis désolé, je pensais que tu aimais cette vie luxueuse…

— Pas quand tu n'étais pas là pour en profiter avec moi, répondit-elle en soupirant. J'ai besoin de m'occuper l'esprit. Et ta mère qui m'abreuvait d'histoires épouvantables pendant tes absences !

— J'étais loin d'imaginer qu'elle te gâchait l'existence. Mais je te jure qu'il n'y a pas eu d'autre amour dans ma vie. Je n'ai pas cessé de t'aimer, pas même pendant ces années où je te vouais aux gémonies. Et quand je t'ai revue… C'est à peine si je parvenais à respirer, tant je te désirais. J'ai eu envie d'envoyer ton avocat par-dessus bord, parce qu'il avait été proche de toi et que peut-être il avait… il t'avait…

— Je n'ai pas eu d'autre amant que toi, lui assura Olivia en caressant son visage. J'ai parfois accepté quelques dîners pour tenter de refaire ma vie sans toi…

Brusquement, elle se mit à rire.

— Aucun homme ne t'arrivait à la cheville. Je t'aimais même lorsque je m'efforçais de t'oublier. Je t'aimerai toujours. Mais… Tu… Tu as parlé de quelques femmes…

— Oui, avoua Dimitri, en posant sa joue contre la sienne. J'ai passé une nuit avec trois d'entre elles. Un épisode sans lendemain, chaque fois. Quel fiasco ! Tu étais toujours là, à me séduire dans l'ombre, avec ces soupirs qui n'appartiennent qu'à toi…

Son bras enserra la taille d'Olivia.

— Je suppose que c'est ce qui a tenu Eleni à l'écart pendant quelque temps, continua-t-il. Je lui ai expliqué que j'étais obsédé par toi, que tu me hantais…

— Tu ne lui as pas dit que tu m'aimais ? murmura-t-elle.

— Non, parce que je ne pouvais l'admettre moi-même. Eleni pensait qu'elle te remplacerait, mais je ne voulais personne d'autre que mon Olivia.

Eperdue de bonheur, elle se blottit contre son épaule.

— Elle a insisté, parce qu'elle pensait que c'était ton orgueil qui était blessé, fit-elle valoir malicieusement.

— Peut-être… Mais pourquoi t'es-tu enfuie ? Si tu m'avais parlé, j'aurais pu t'expliquer.

— J'avais si mal que c'est à peine si je savais ce que je faisais, confessa-t-elle. Et imagine ce que j'avais vu !

— J'ai été un imbécile. Je t'ai trop souvent délaissée, je le reconnais maintenant, répondit-il calmement. Je travaillais comme avant notre mariage, pensant que tu étais comblée.

— J'avais l'impression de ne plus faire partie de ton existence, évoqua-t-elle gravement en se rappelant son profond isolement. Le jour où je t'ai vu avec Athéna, je n'ai pensé qu'à retrouver ceux qui m'aimaient. Mes amis.

— Je t'aurais montré des photos d'Athéna et de mon père et il n'y aurait plus eu de doutes dans ton esprit, insista-t-il.

— Je sais. Parfois je ne suis pas rationnelle en ce qui te concerne.

Il resserra son étreinte en signe de compréhension.

— Moi aussi, je perds le sens des réalités avec toi.

Olivia déglutit. Pouvaient-ils repartir de zéro ou avaient-ils définitivement gâché toutes leurs chances ?

— Où… Où cela nous mène-t-il, Dimitri ?

— As-tu confiance en moi ?

Et comme elle acquiesçait, il poursuivit :

— Tu occupes la première place dans ma vie, depuis le début. Je regrette mes voyages prolongés. Ces dernières semaines ensemble m'ont montré combien j'avais besoin de toi et que tu devais m'accompagner. Sinon, j'apprendrai à déléguer mon travail.

— Ça veut dire que… ? murmura-t-elle, sans oser en dire plus.

— Je t'aime et tu m'aimes. Je veux que nous restions ensemble pour la vie. Mais ne gardons plus pour nous-mêmes nos doutes ni nos inquiétudes. Il n'y en aura plus à l'avenir, n'est-ce pas ?

Un sourire illumina le visage d'Olivia d'une telle joie qu'il en eut le souffle coupé. Alors, il embrassa sa bouche tiède et attirante et oublia tout le reste.

Au bout d'un moment, ils s'écartèrent l'un de l'autre.

— Eleni ? murmura Olivia avec inquiétude.

— Elle trouvera quelqu'un d'autre. Nous serons compréhensifs avec elle, nous organiserons une fête et nous inviterons des jeunes gens prêts à l'adorer.

— Et ta mère ?

Dimitri caressa ses lèvres douces.

— Elle est heureuse avec Nikos. Si je suis heureux de mon côté, elle sera satisfaite. Je retrouverai la mère aimante qu'elle était lorsque j'étais enfant. Elle se montrera sous son meilleur jour, tu verras. Je ferai en sorte que tu ne te sentes plus mise à l'écart. Tu as besoin d'un projet, d'une activité qui t'intéresse…

— Je pensais, murmura Olivia en glissant une main sous sa chemise, que la maternité pourrait m'occuper exactement comme je le souhaite.

— Oh ! Ma chérie, répondit Dimitri en l'embrassant passionnément. Si nous prenions une année pour vivre à deux d'abord ? Viens avec moi en voyage et sois mon assistante. Tu éblouiras mes clients. Ensuite…

Doucement, il abaissa la fermeture Eclair de sa robe.

— Nous commencerons à fonder notre famille. Pour l'instant, je propose…, susurra-t-il en embrassant sa gorge, de parfaire notre technique.

En lui adressant un sourire radieux, Olivia se leva et fit glisser la robe à ses pieds. Dimitri approuva d'un gémissement et l'étreignit avec fougue.

Tendrement, elle lui caressa les cheveux. Des enfants ! pensa-t-elle avec bonheur. Bruns, beaux, avec les yeux noirs de leur père…

— Aime-moi, murmura-t-elle, succombant à la joie qui inondait son cœur. Pour toujours, comme je promets de t'aimer, Dimitri.

Épilogue

— Les gens sur la plage doivent penser que nous sommes complètement fous ! s'écria Olivia en riant, le visage rougi par l'effort.

— Silence, femme, et continue de sautiller ! répondit Dimitri en fixant la ligne d'arrivée.

Ils avançaient tant bien que mal sur le sable, à cause de la cravate qui les liait par la cheville. Mais Olivia riait trop. Bientôt elle perdit l'équilibre et entraîna Dimitri dans sa chute.

— Youpi ! s'exclamèrent Lukas et Helen. Nous sommes les meilleurs !

Dimitri fit mine d'attraper la jambe de son fils, mais Lukas était trop agile et atteignit le ruban que tenaient fièrement sa grand-mère et Nikos, le mari de celle-ci.

— Les gagnants ! proclama Marina en levant très haut les mains de ses petits-enfants ravis.

Olivia et Dimitri se traînèrent en riant jusqu'à la ligne d'arrivée.

— Qu'est-il arrivé à Eleni ? demanda Olivia.

— Elle et Vangelis sont encore en train de se bécoter. Et dire qu'ils sont mariés ! Beurk ! répondit Lukas qui trouvait que gagner une course le jour de son dixième anniversaire était bien plus important.

— Tu penseras autrement dans quelques années, l'avertit Athéna qui arrivait en troisième position avec Théo, maintenant plus grand que sa mère.

— Jamais !

Dimitri posa une main affectueuse sur l'épaule de son fils.

— Il ne faut jamais dire jamais. Si tu tiens de moi, l'amour te frappera un jour comme la foudre. Et dès lors, tu vivras sur un nuage.

Ce disant, il regarda tendrement Olivia qui avait passé un bras autour de leur fille, une petite beauté blonde de huit ans.

— Ouais. C'est la course en sac maintenant, déclara Lukas que cette conversation ennuyait ferme.

— J'organise les équipes, proposa Helen. Les hommes contre les femmes.

Olivia se mit à rire devant la mine déconfite de Dimitri. Elle savait à quoi il pensait !

— Nous n'aurions aucune chance de gagner, coquin, si je partageais mon sac avec toi !

— Qui parle de gagner ? dit-il en la prenant dans ses bras. Je t'aime, Olivia.

D'une caresse, il balaya les mèches que le vent rabattait sur son beau visage. Oui, il l'aimait de plus en plus. Après toutes ces années, il était encore émoustillé de se trouver près d'elle et inventait mille excuses pour la toucher.

— Je t'aime moi aussi, murmura Olivia, le regard caressant.

— C'est la course en sac, maman ! insista Lukas d'un air impérieux.

Il tenait tellement de son père dans cette attitude qu'Olivia dut réprimer un sourire.

— Est-ce que tu aimes ta fête d'anniversaire, mon chéri ? demanda-t-elle en remontant le sac jusqu'à sa taille.

— C'est génial ! s'exclama l'enfant en l'embrassant impulsivement. Complètement fou, évidemment. Mais c'est les fêtes anglaises, hein ? Le gâteau est *énorme* ! Et j'ai tellement de chance d'avoir tout le monde autour de moi.

— C'est nous qui avons eu de la chance, ton père et moi. Notre jolie petite famille en est le résultat.

— C'est surtout grâce à notre amour, renchérit Dimitri.

— Oui, répondit-elle en lui adressant un sourire radieux.

— Les voilà encore sur leur nuage, dit Lukas en soupirant. Nous ferions mieux de commencer sans eux, Helen, tu ne crois pas ?

— D'accord, acquiesça la petite fille.

Ses yeux d'un bleu tendre rencontrèrent ceux de sa mère et elles se sourirent d'un air complice. Car elles croyaient, elles, au grand amour...

Chère lectrice,

Vous nous êtes fidèle depuis longtemps?
Vous venez de faire notre connaissance?

C'est pour votre plaisir que nous avons
imaginé un rendez-vous chaque mois
avec vos auteurs préférés, vos
AUTEURS VEDETTE dans les
collections Azur et Horizon.

Les AUTEURS VEDETTE vous
donneront rendez-vous pour de
nouveaux livres vedette.

Pour les reconnaître, cherchez
l'étoile ... Elle vous guidera!

Éditions Harlequin

HARLEQUIN

LE FORUM DES LECTEURS ET LECTRICES

CHERS(ES) LECTEURS ET LECTRICES,

VOUS NOUS ETES FIDÈLES DEPUIS LONGTEMPS?

VOUS VENEZ DE FAIRE NOTRE CONNAISSANCE?

SI VOUS AVEZ DES COMMENTAIRES, DES CRITIQUES À
FORMULER, DES SUGGESTIONS À OFFRIR, N'HÉSITEZ
PAS… ÉCRIVEZ-NOUS À:

> LES ENTERPRISES HARLEQUIN LTÉE.
> 498 RUE ODILE
> FABREVILLE, LAVAL, QUÉBEC.
> H7R 5X1

C'EST AVEC VOS PRÉCIEUX COMMENTAIRES QUE NOUS
ALLONS POUVOIR MIEUX VOUS SERVIR.

DE PLUS, SI VOUS DÉSIREZ RECEVOIR UNE OU
PLUSIEURS DE VOS SÉRIES HARLEQUIN PRÉFÉRÉE(S)
À VOTRE DOMICILE, NE TARDEZ PAS À CONTACTER LE
SERVICE D'ABONNEMENT; EN APPELANT AU
(514) 875-4444 (RÉGION DE MONTRÉAL) OU 1-800-667-4444
(EXTÉRIEUR DE MONTRÉAL) OU TÉLÉCOPIEUR
(514) 523-4444 OU COURRIER ELECTRONIQUE:
AQCOURRIER@ABONNEMENT.QC.CA OU EN ÉCRIVANT À:

> ABONNEMENT QUÉBEC
> 525 RUE LOUIS-PASTEUR
> BOUCHERVILLE, QUÉBEC
> J4B 8E7

MERCI, À L'AVANCE, DE VOTRE COOPÉRATION.

BONNE LECTURE.

HARLEQUIN.

VOTRE PASSEPORT POUR LE MONDE DE L'AMOUR.

<u>COLLECTION HORIZON</u>

Des histoires d'amour romantiques qui vous mènent au bout du monde!

Découvrez la passion et les vives émotions qu'apportent à la Collection Horizon des auteurs de renommée internationale!

Captivantes, voire irrésistibles, ces histoires d'amour vous iront assurément droit au coeur.

Surveillez nos trois nouveaux titres chaque mois!

HARLEQUIN

COLLECTION
ROUGE PASSION

- Des héroïnes émancipées.
- Des héros qui savent aimer.
- Des situations modernes et réalistes.
- Des histoires d'amour sensuelles et
provocantes.

LAISSEZ-VOUS TENTER
par 3 titres irrésistibles
chaque mois.

RP-1-R

69 L'ASTROLOGIE EN DIRECT
TOUT AU LONG
DE L'ANNÉE.

(France métropolitaine uniquement)
Par téléphone 08.92.68.41.01
0,34 € la minute (Serveur JET MULTIMÉDIA).

Composé et édité par les
*éditions*Harlequin
Achevé d'imprimer en novembre 2005

BUSSIÈRE
GROUPE CPI

à Saint-Amand-Montrond (Cher)
Dépôt légal : décembre 2005
N° d'imprimeur : 52507 — N° d'éditeur : 11721

Imprimé en France